豚と真珠湾

幻の八重山共和国

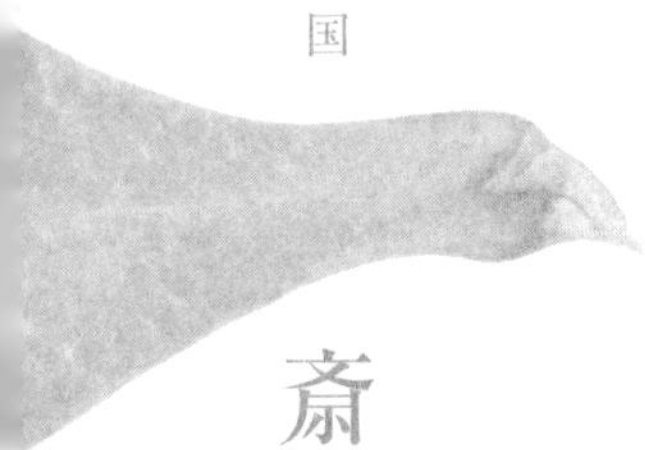

Ren SAITO

斎藤 憐

而立書房

豚と真珠湾

幻の八重山共和国

登場人物

南風原《はえばら》ナベ（48歳）　サカナヤー（料理屋）「オモト」の主人
南風原英文《えいぶん》（26歳）　ナベの息子。武部隊。海南新報記者
南風原タマ（22歳）　ナベの娘
桃原　用立《ようりゅう》（26歳）　英文の同級生。小学校教師
比嘉《ひが》　長輝《ちょうき》（48歳）　中学校の歴史の教師
喜舎場《きしゃば》アサコ（31歳）　糸満出身の密貿易業者
林《りん》　国明（50歳）　台湾人の元暁部隊隊員
ダン・南風原（23歳）　日系二世の兵士・通訳
大城《おおしろ》キクノ（21歳）　戦災孤児
大城珍吉《ちんきち》（17歳）　キクノの弟。海人
桑原　収（23歳）　予科練あがりの特攻隊員
新屋敷《しんやしき》静男（35歳）　警察官
安谷屋《あだにや》マイツ（65歳）　戦災孤老

一幕

1

スクリーンに、真珠湾に攻撃を加える帝国海軍連合艦隊の勇姿にかぶって、軍艦マーチと勇ましいナレーション。
突如、「ヤンキー・ドゥードゥル」がなり始める。一段高いところに星条旗。その前に海軍の軍服を着たダン。

ダン　美しいパール・ハーバーをジャップの零戦にボカスカやられてから四年、我が軍は西太平洋の島づたいに進軍し、四月一日沖縄島に上陸した。

ダンが鹿児島から台湾までの地図を棒で指す。

ダン　沖縄島は、珊瑚礁が創り上げた島だから、上陸用舟艇が珊瑚に乗り上げる危険がある。

ペリーの海図のスライド。

ダン　幸いなことに、我が栄誉ある米海軍は、九十二年前にペリー提督の艦隊を琉球に送っている。

ペリーは沖縄周辺の海図を残してくれている。

九州・鹿児島から、台湾・基隆までの琉球弧を示す地図がスライドで示される。

ダン　（鹿児島をさして）この島が十一月に上陸する予定のキューシューだ。その南にアマミ群島、オキナワ本島、ミヤコ島がある。イシガキ島のある八重山列島はタイワン島の目と鼻の先だ。日本軍は植民地タイワンにカミカゼと呼ばれる自殺航空機の基地を作り、（指して）イシガキ島のシラホ飛行場で給油し、沖縄沖の我が艦隊に突っ込んできた。

スライドに、八重山の風景。

ダン　琉球列島は、亜熱帯性気候だ。フィリピンで戦ってきた諸君はよくわかっていると思うが、この島々にはマラリアを発生させるコガタハマダラ蚊が棲息している。

＊　一九四五年十一月

海鳥の鳴き声が聞こえてくる。

敗戦直後の石垣の町は、多くのマラリア患者、栄養失調の島民を抱え、妖怪の住む町だと言われた。

主舞台は石垣港第一桟橋の近くのサカナヤー〔料亭〕「オモト」の配膳場の土間。戦時中は、八重山駐屯軍と契約していたが、敗戦後の今は客はいない。中央奥、客用の座敷に通じる引き戸。上手には調理場。下手の勝手口のガラス戸は空襲にそなえて紙がバッテンに貼られている。下手に机と椅子が四つほど。

ガラス戸の外の港からの道は、映画館「八重山館」の裏手で、映写室への階段口がある。猛烈な台風に備えて、石垣の家々は平屋だが、八重山館はベトンで固めた二階建てである。壁には、風雨にさらされた『君こそ次の荒鷲だ』などのポスター。高いところに小窓がある。

南国とはいえ、十一月の八重山は空も海も鉛色をしている。

この頃の八重山の人々は、ほとんどが下駄か草履履き、傘を持たず雨が降ると、蓑笠をかぶった。

比嘉長輝と桃原用立が死体を戸板に載せて運んで行く。

夕刻近く、ねんねこで赤子を背負ったキクノが食事の用意をしている。片隅でマイツが、口の中でブツブツ言いながら、芭蕉布を織っている。

座敷からナベ。

ナベ　ファー〔子ども〕たち、ヤーサシーソ〔腹減ってる〕。
キクノ　子どもたちのアッコン、炊けたよ。
マイツ　バヌにもアッコン。ヤーサヌ、ヤーサヌ。

キクノ　腹減ったって、夕ご飯はさっき食べましたよ。
マイツ　食べとらん。

キクノ、マイツに芋を渡す。

ナベ　（バケツを持って）アーサー汁、運んでおくれ。
キクノ　はい。（バケツを持って座敷へ）
ナベ　（マイツがボロボロこぼしているのを見て）あれあれ、マイツさん。
マイツ　あ、あ、あ。（と、突然咳き込む）
ナベ　大丈夫ですか、マイツさん（背中をたたく）お部屋に行きましょうね。
マイツ　ああ、バヌの息子もまだ還ってこねえ。（とふらふらナベについて座敷に上がる）

座敷から「みんな、御飯ですよ」というキクノの声がする。
表から、蓑笠をつけ、バーキ〔籠〕を持ったタマが「ただ今、帰りました」と入ってくる。

ナベ　ボーレ、ボーレ？〔疲れたか？〕
タマ　バンナの麓にも行ったよ。はあ、がーぶれた。

ナベ　アッコン、もらえたかねえ?
タマ　嵩田《たけだ》の台湾人開拓地じゃ、日本円なんか紙くずだ。芋が欲しいなら、晴れ着を持ってこいって。

桃原用立が「クヨームナーラー」と帰ってくる。

ナベ　ご苦労だったね。
用立　霜多さん、あんまり軽いんで、悲しかった。
ナベ　空襲、くぐり抜けて生き残ったのに、ヤキーでやられてねえ。焼き場、故障してるって。
用立　火葬場、使いすぎで露天焼きさ。九月、十月で六百焼いた。髪の毛と爪、取っておいたから。
ナベ　タマ、名前書いて貼っとかんと。
タマ　わかった。(と、半紙と硯を取りに)
キクノ　(座敷から出てきて) アッコン、あれだけじゃ、子どもたちに足りないよ。

そこへ、馬糞色の厚手の布地の着物を着て島草履を履いた珍吉が「座れ」と、荒縄で縛られた桑原にヤスを突きつけてくる。

キクノ　どうした、珍吉。
珍吉　姉ちゃん、こいつ……
用立　（立ち上がって）アッコン泥棒か！
桑原　アッコンなんて盗んでいません。芋を一つ……。
珍吉　（襟首をつかんで）芋をアッコン、言うんだ。
ナベ　ヤマトの腐り兵隊が八千人。八重山の米も豚もアッコンも食い尽くした。
桑原　自分は、台湾の誠第十七飛行隊でありましたから、石垣島にはおりませんでした。
ナベ　イビー！　特攻隊ね。
桑原　はい。

キクノの背中の赤子が泣く。

キクノ　よしよし。
ナベ　山羊の乳、取ってこようね。（裏手へ行く）
用立　ここにゃ、親を亡くした孤児が六人。お前は子どもたちの食い物を盗んだんだぞ。
珍吉　大元帥閣下からいただいた軍服が恥ずかしくねえか。（殴る）

桑原　申しわけありません。
キクノ　珍吉。乱暴はよせ。
珍吉　ヤマトウが戦を始めなけりゃあ、バカダーのビゲーもブネーも死んじゃあおらん。
用立　戦が終わって、三か月だ。早くヤマトへ帰れ。
桑原　帰ろうにも船がありません。
珍吉　日本軍は八重山中の蒸気船を徴用して、みんな沈めやがった。
用立　珍吉、駐在を呼んでこよう。

二人、出て行く。
海鳥の鳴き声。

ナベ　（戻ってきて）キクノ、ほら、ミルクだ。
キクノ　はーい。さあ、ミルク、飲みましょうね。（座敷に行く）
タマ　特攻隊に食料の配給、ないの？
桑原　自分らは、片道の燃料を積んで飛び立って軍神になります。
タマ　でも、生き残ってる。
桑原　滑走路の穴に車輪を取られ、垂直尾翼を破損しました。零戦のような新鋭機はすべて本土に行ってしまい、残ったのは練習機でした。やっと離陸したものの壊れた垂直尾翼で敵艦隊のいる本島方面に向かうことができません。着陸できる砂浜を探し、水平尾翼だけで伊野田に着陸しました。

ナベ　親御さん、ワーの生きてること知ってるの？

桑原　出撃を前に、軍服や写真などを実家に送り届けるよう手配しました。骨はないですから、体操シャツを送りました。シャツは、靖国神社に届いているでしょう。

そこへ、マイツがヒョコヒョコ出てくる。

マイツ　アイッ！　可哀想に縛られて。ヤー、腹空いとるんだろう？（黒糖を割って）マーシーソー〔うめえよ〕。

マイツ、桑原の縄をほどきだす。

タマ　安谷屋さん。こいつはアッコン泥棒だよ。

桑原　（口に入れ）ああ、砂糖なんて何か月ぶりだろう。

マイツ　可哀想に。（ほどく）な、こっちからお逃げ。

タマ　駄目よ。

マイツ　（突然）あ！　あ！

キクノ　安谷屋さん。……マイツさん。

マイツ　（鳥の羽ばたく音を追って）ほら、ほら。

キクノ　（見て、子どもをあやすように）ああ、フクロウさんがきましたね。

マイツ　（体をかきむしり、裏声で）「熱い！　熱い！」

キクノ　もう十一月ですよ。暑くはありません。

マイツ　「熱い！　助けて、助けて。息ができない」

キクノ　ほーら、ふくろうさん、飛んで行きましたよ。

マイツ　（息づかいがはげしい）ああ、むごかったよ。

と、そこへ、警察官の新屋敷をつれた珍吉と用立。

新屋敷　こいつか。

タマ　早くしょっぴいてってくれよ。情が移ってしまう。

新屋敷　登野城の刑務所は爆撃で……。

珍吉　警察署の留置場があるだろう。

新屋敷　容疑者だって三度飯を食う。食わす米もアッコンもない。

タマ　どうするんだ。
新屋敷　南風原さん。しばらく預かっていただけませんか？
ナベ　うちは監獄じゃない。戦災孤児、六人の食い扶持だけで往生してるんだ。

汽笛。続いて焼玉エンジンの音。

ナベ　タマ、蒸気船だ。
タマ　アンジー〔ほんとう〕？　兄ちゃんか？

用立が、飛び出して行く。続いて、珍吉と新屋敷も港のほうへ。

マイツ　（出て）夕日を背にやってくる。与那国のカツオ船だ。本島からじゃねえ。英文がタマス落とせば、英文のタマスがバヌに会いにくる。まだ会いにこねえってことは、生きとる証拠だ。
桑原　（おずおずと）息子さん、本島ですか？
タマ　アッパー、引き揚げ船がくるまで預かろう。バヌが世話するから。
ナベ　駄目だ。ヤマトの腐れ兵隊、匿ったなんて、村八分さあ。
タマ　兄ちゃんの服、あったろう。あれ着せれば……

ナベ　英文の学生服か。（座敷に向かう）
桑原　タマさん。
タマ　うん？
桑原　沖縄方言はむずかしくって。
タマ　わからなかったら、バヌに合図しな。

暁部隊の制服を着て袋をかついだ林が、やってくる。

林　（タマに）ムシャルネーラ。
桑原　（頭を掻く）
タマ　（桑原に）ひさしぶりねえ。
林　（タマに）お、やなかぁぎぃ。元気にしとったか？
タマ　この！（と林をぶつ）
林　（タマを抱いて）おお、お乳がこんなふくらんで。
タマ　なにしにきた。タイワンハゲは、台湾に帰ることあるよ。
ナベ　（学生服を持って出てきて）あら林さん。基隆からね？
林　与那国の祖納で一泊して。東シナ海、ガンガンしてよー。

タマ　（頭を掻く桑原に）時化て海が荒れて、大変だった。

林　天気晴朗なれど波高くてな。他に船は入らなかったか？

ナベ　発動機船は、あんただけ。（桑原に）これ、うちの息子がつけてた奴。

林　（桑原の軍服を引っ張って）お前、特攻隊か？

桑原　台湾の新竹《しんちゅう》におりました。

ナベ　特攻機が壊れて生き残っちまったさあ。

林　キューヤ〔今日は〕とびきりの贈りもんがある。

ナベ　（袋を開けて）蓬莱米かあ。

林　ヤマトの兵隊さんが八重山中の米を食っちまったからな。二十五トンの駆潜艇に十トンも積んだから、沈むかと思ったぜ。

ナベ　助かる。子どもたち、育ち盛りだから。

林　南風原家の総領息子、まだ帰らんか。

キクノ　さあ、安谷屋さん、お部屋に行きましょうね。

マイツ　アッコン、まだ食ってない。

キクノ　後でお部屋に持っていきますよ。

二人、座敷へ去る。

林　見かけねえ婆さんだな？

ナベ　軍神安谷屋大尉のおっ母さんだよ。

林　あがやー！　慶良間沖の米国艦隊に突っ込んだ安谷屋用久大尉の。

ナベ　この島だけで年寄りが百人も残された。

林　戦災孤児じゃなく、戦災孤老か。おい、発電も止まってるのか。真っ暗じゃねえか。泡盛アルロールン。十二月の東シナ海は、底冷えがしやがる。

ナベ　（水屋の上のランプを取る）浦添酒店《うちそえさきてん》の「鷲《バス》ん鳥《トゥイ》」ならあるさ。

林、ズカズカと台所へ。

桑原　台湾の方ですか。

ナベ　暁部隊の軍属。（水屋からコップを出す）

桑原　海軍の輸送部隊ですね。

ナベ　マニラやサイパン、仏印へ物資を運んどった。

タマ　（制服を持って）さあ、着替えよう。

桑原　（行きながらタマに）「やなかぁぎぃ」て何ですか？

タマ　ステェツキャ〔ほっといて〕。
林　（戻ってきて）ベッピンさんの反対さあ。

桑原とタマ、座敷へ去る。
風が出てきたようだ。

ナベ　（ランプを二つ持って）マッチあるか？
林　石垣にゃ、マッチもないか。（ポケットからジッポーのライターを出してつける）

ランプの心細い光が二人を照らす。

林　痩せたな。
ナベ　何しにきた。
林　人助けよ。台湾に疎開した六千人が基隆埠頭で、引き揚げ船がくるのを待っとるさあ。
ナベ　いくらせびり取った？
林　総督府が避難民に配った金、一日五十銭。豚は一斤九十円さあ。「帰りたいもんいるかあ」と聞きゃあ、われ先にと集まってくる。八重山までの闇船、一人三百円、行李は一つにつき百円。安いもんだ。

ナベ　海軍の船だろうが。

林　（ナベの肩に手を掛け）一万人も台湾に疎開させといて、帰る船の手配もしねえ。沈没まぬかれた海軍の船で人助けさあ。

ナベ　（泡盛を注いで）人の弱みにつけ込んで。

林　子どもを抱えた奥さんが西門町の三線道路でアンペラを抱えて貞操を売っているさあ。

ナベ　悪さを美談にするかあ。

林　石垣の沖で、四家族、十三人、夕日に輝く於茂登岳を拝んで泣いてた。ヒューマニズムよ。

ナベ　（笑って）変わらんねえ。

タマが「アッパー」と座敷から出てくるので、林は手を引っ込める。後に学生服に着替えた桑原。

ナベ　英文、これ着て、沖縄師範に通ったのさあ。新聞記者やっとったが、お国のために戦おうって記事書いた責任があるって、志願して……。芋、盗んでも生き残ったほうが親孝行さ。

桑原　……。

林　馬鹿な奴だ。おい、お前も飲むか？

タマ　いらん。（表へ出て行く）

林　おい、英文を連れ帰ったら、なによこす？
ナベ　そら、千円でも二千円でも払うわ。
林　日本銀行券なんか、今じゃあ鼻紙よ。
ナベ　この店、くれてやるさ。

バーキを肩に背負ったキクノ。

キクノ　東宇里《あがりうざと》のおばあんとこ、アッコン届けてきます。
桑原　自分、手伝います。
キクノ　いいよ。
桑原　持たせてください。

桑原、バーキを持ってキクノの後に続く。

林　可愛いな、あの子。
ナベ　ロケット弾の直撃で十七の弟と二人残された。預かってる孤児の面倒、見てる。
林　孤児が孤児の世話か。

ナベ　若い人たちが自治会作ってね。部落から芋を集めて、身寄りのない家に配ってるさ。
林　金鵄勲章、やりたいね。
ナベ　戦災孤児が二百人、民家から食べ物を盗んでね。

そこへ、タマが「兄ちゃん、還ってきたあ」と駆け込んでくる。

ナベ　英文が？
タマ　糸満から、今、カツオ船が着いた！　兄ちゃん、還ってきた！

用立と背中にＰＷと書いてある服を着た英文。

英文　（土間に入って）第三十二軍陸軍中尉、南風原英文、武運つたなく敗残兵として帰還いたしました。
ナベ　頭は、ちゃんと胴体についとるか？（手を握って）手もついとる。なにか食べるか。
英文　コーズーシー（五目御飯）。
ナベ　八重山の豚も米もみんなヤマトウの兵隊に食われたさあ。
英文　だったら、とりあえず、これ。（机の泡盛の瓶を取る）

タマ　アッパーは、毎日、お祈りしとったんだよ。
ナベ　タマ、なんか食わしてやれ。
タマ　はい。（台所へ）
用立　（英文の背中を見て）ＰＷ……？
林　Ｐは囚人、Ｗは戦争だ。
用立　お前、アメリカーの捕虜だったんか？

そこへ、カーバイトのカンテラを持ったアサコ。
米軍から放出された野戦用軍服ＨＢＴ（Herringbone Blouse and Trousers〔杉綾模様織り〕）を仕立て直して着ている。

アサコ　林さん。
林　荒れたろう。
アサコ　ああ、大時化で、兄ちゃん、ゲーゲー吐いてた。
林　糸満、ひどくやられたそうだな。
アサコ　地上軍に追われて海岸線にたどりつきゃ、こんだあ、海から艦砲射撃。朝起きたら裏山がなくなってた。

林　ナベ。総領息子の命の恩人、牧志アサコだ。無一文の英文が、この人のカツオ船に潜り込んでな。
ナベ　英文の母です。シュカイト、フコーラサ〔ありがとう〕（と、土下座する）一生、恩に着ます。
アサコ　チョッ、チョッと。お母さん。ワンは（林を指して）この人に恩があるから。（と、立たせる）
　女は、誰でも子どものこととなると……。
ナベ　お子さんは？
アサコ　娘が、二人。まだ台湾です。
林　糸満の海人《うみんちゅう》の奥さんだったが、ご亭主を、フィリピンで。
ナベ　そりゃあ……。
林　こちらのご主人は、シベリア。
アサコ　関東軍ですか？
ナベ　いえ、シベリア出兵で。
林　ナベ。今から、この店は俺のもんだぞ。
ナベ　あがやー！
林　と、言いたいところだが、台湾と与那国の間に国境線が五十年ぶりに復活して、俺は日本人じゃなくなった。

そこへ、「英文、帰ったって」と長輝。

英文　比嘉先生。
長輝　ご苦労様。
英文　先生もお元気で。
ナベ　長輝先生、奥さん、亡くされてな。（と、台所へ）
英文　空襲ですか。
長輝　いや、ヤキーだ。ひとりものになったから、ここで飯食っている。
用立　英文、「海南新報」復刊しよう。
英文　復刊？
用立　石垣にはラジオの電波も届かない。占領軍がどんな仕打ちをするのか何もわからない。
英文　印刷機は？
用立　足踏み印刷機が残ってるし、浦添酒店の親父、活字を酒蔵の裏に埋めといたって。（八重山館を指して）八重山館の映写室、使っていいって。
英文　ニュース、どうやって手に入れるんだ？
ナベ　（料理の皿を持ってきて）三月の空襲で八重山電信局は燃えちまった。電話も軍が持っていったきり。石垣は絶海の孤島さ。
用立　八重山じゃあ玉音放送だって、聞けなかった。

林　英文の居場所を、台湾の俺がなんで知った？
ナベ　なんでかねえ。
林　糸満のアサコから、自分の船に忍び込んだ兵隊がいる。南風原英文って石垣の料亭の息子だそうだって連絡が入った。船舶無線よ。登野城に三十メートルのアンテナが立ってるだろう。
長輝　登野城のデンシンヤーですか。
アサコ　あそこの測候所が出す天気予報を頼りにワンらは針路を決めとる。
林　あのアンテナなら、海外の短波放送だって聞ける。だから、天気といっしょに船にニュースを流してくれる。
用立　デンシンヤーかあ。
ナベ　アサコさん、座敷に上がってくれ。みんなも。

用立とアサコ、座敷に上がっていく。
そこへ、桑原を支えたキクノが「タマちゃん」。

ナベ　ご苦労さん。
キクノ　この人ね。寒気がするって。
タマ　（出てきて桑原に）大丈夫？（額に手をやって）熱いよ、この人熱があるよ。

ナベ　どれどれ。（と、額に手をやる）こりゃ、ヤキーだ。

桑原　（力なく）ヤキー？（頭を掻く）

タマ　マラリア。

林　そこへ、寝かせ。

マイツ　（桑原の頭の上に手をかざして）こりゃ、魂落ちさあ。ここへ座れ。ウートートー、アーツートー

〔南無妙法蓮華経〕。ええい！

桑原　たます（頭を掻く）？

タマ　タマシイ。

英文　お前は誰だ。

桑原　……。

ナベ　この人、軍服しか持っていないから、お前の……。

英文　ヤマトの腐り兵隊か？

桑原　はい。

英文　俺に人殺しをさせたヤマトの兵隊が、学生に化けてんのか！

タマ　兄ちゃん。

英文　俺の背中を見ろ。ＰＷ、戦争犯罪人だ。俺の手、見ろ。俺はこの手で人を殺してきたんだぞ！

「ヴォーヴォー!」と獣のように唸り、桑原を殴り、倒れた。
英文、口を動かすが声にならず、しゃがみ込み天を仰ぐ。

マイツ　（甲高い声で）「洞窟《ガマ》の中に入ってきたヤンキー、この指で引き金を引いて撃ち殺した。まだ温かかったさあ」。

そこへ、ヤスとビクを持った珍吉。

珍吉　姉ちゃん。
キクノ　珍吉、心配してたよ。
珍吉　英文さん、お帰りになったって聞いたから、イズ、採ってきた。
アサコ　（ビクを覗いて）おお、グルクンだ。
珍吉　お勤め、ご苦労様でした。
ナベ　ほら、英文。怖くねえ。怖くないから……
英文　（起きあがって）珍吉、ニーファイユー〔ありがとう〕。

2

キャプテン・クックの肖像画。

ダン　キャプテン・クックがハワイ島に到着したのは、一七七八年。英国海軍が去った後、ハワイでは梅毒や淋病、結核などの伝染病がはびこり、百万人いたハワイ人は一世紀後には五万人に減ってしまいました。マラリアは十五世紀に石垣島に漂着したオランダ人が置いていったと言われています。琉球やハワイの人たちは、疫病に対して抵抗力がなかったのです。海に囲まれて世界から隔絶されていた亜熱帯性気候がハワイと沖縄に不幸をもたらしました。

オキナワのサトウキビ畑。

ダン　サトウキビは、日本本土や北米ではほとんど育ちません。ペリーが沖縄を訪れた頃、ハワイには砂糖を求めてアメリカ本土から農民がどっと押し寄せました。ハワイにも琉球にも、農地を私有する習慣がありませんでしたから、入植者が増えると現地人は土地と仕事を奪われました。一方、西郷隆盛は、琉球から奪った黒砂糖二千貫を鳥羽・伏見の戦いの軍資金にしています。

真珠湾の米海軍基地。

ダン　明治政府は、琉球王国に首里城の明け渡しを要求し、沖縄県が誕生しました。その二十六年後、ステイツはハワイ王国を占領して、真珠湾に太平洋艦隊の司令部を作ります。もし、アメリカがハワイに軍港を作らなかったら、帝国海軍は真珠湾を攻撃していないでしょう。もし日本が特攻基地を作らなかったら、石垣島は爆撃されていなかったでしょう。

＊　一九四六年一月

アサコが新聞を読んでいる。
用立とキクノが、映画館の裏手階段を新聞の束を持って降りてくる。郡民大会のポスター。

アサコ　（読む）十二月十五日、石垣島の各字に銅鑼が鳴り、青年団は「今夜八重山館で郡民大会が開かれる」と触れてまわった。住民の信頼が厚い宮良長詳《ちょうしょう》が議長に選ばれ「治安の確立」「マラリア対策」「引き揚げ者の帰還」など直面する課題を話し合い、自治会規約を採択した。
用立　（入ってきて）アサコさん、きてたんですか。
アサコ　朝の四時に着いた。起こしちゃ悪いから、米軍からかっぱらった毛布で寝たさあ。（新聞の匂いを嗅いで）インクの匂い、いいね。

キクノ　できたてです。
アサコ　（新聞を読んで）「我々は日本国国民として生きることを望んではいない！　平和に生きてきた琉球民族の国家を再建し、海洋の民として生きることを望む！」。あがやー。八重山共和国、独立しちゃったの？
用立　米軍も来ない。日本政府からなんの指令もない。どうすりゃいいんだって話し合ううちに……
アサコ　（読んで）宮良長詳自治会長が、「人民のための人民による人民の八重山共和国政府は今ここに誕生したと宣言した」。ってことは、糸満のワンが八重山にくるにゃ、パスポートがいるってことだ。
ナベ　（お盆を持ってきてアサコに）ウォーの中味汁できたから、座敷でお食事、してください。
アサコ　（お盆を受け取って）この牛肉のスープで八重山に正月がくるのさ。
キクノ　（新聞の束をバーキに入れ）配達に行ってきます。

そこへ、「クヨーム、ナーラ」と、長輝がやってくる。

キクノ　お早うございます。（と、出て行く）
長輝　おお、「海南新報」復刊第一号。（取って）頑張ったな。
用立　記事を書くのも活字を拾うのも、印刷するのも英文と二人。ローソクの明かりを頼りに、朝の三時です。

ナベ　（お盆を持って出てきて）キーダ〔いらっしゃい〕。

長輝　英文君は？

用立　東京のニュースが欲しいって、デンシンヤーに出かけていきました。先生。

長輝　もう先生じゃない。

用立　先日の郡民大会で、われわれは八重山共和国の独立を宣言しました。みんな、帝国と共和国はどこがちがうか説明しろって言うんです。

ナベ　今日は、共和国。明日は明日国になんのかね。

長輝　英語のリパブリックを共和と訳したんだけどね。王様や殿さまのための国家じゃなく、そこに住んでいるすべての人のための国家。つまり、デモクラシーは……。

ナベ　デモクルシーてなんだ？

長輝　日本語では民主主義。民が国の主ってことだ。八重山の未来を誰かが決めるのではなく、みなで考えて決める、それが民主主義だ。

ナベ　バヌが考えんかい？

長輝　私たち教師は、この十数年、君たちに天皇陛下のために死ねと教えてきた。だから、君たちは自分で考える習慣がない。

ナベ　自由は、空恐ろしいさあ。わしらのようななんも知らんもんがなんでも決める……。いいのか、そんなことして。

長輝　わしもです。だからこれから、みんなで考える練習だ。（立ち上がる）警備隊の井上大佐は、まだ安室さんのところですか。

ナベ　ああ。

長輝　警備隊がキニーネを所持してるちゅう情報があってね。

用立　キニーネ、あるんですか。

長輝　毎日十人ほどが死んでるんだ。たとえ百錠でもいい。

長輝、出て行く。

用立　長輝先生と同級ですって。

ナベ　登野城《とのしろ》国民学校でさあ。かしこい子だった。家が貧乏だったから、学費免除の師範学校を出て東京の大学に進んでさあ。尋常科どまりのバヌとは大違いさあ。

用立　なに聞いてもちゃんと答えが返ってくるもんなあ。

新屋敷、入ってくる。

ナベ　おや、駐在さん。どうなさったね。
新屋敷　比嘉長輝、ここだと聞いてね。
ナベ　長輝先生なら、井上大佐のところに行きました。
新屋敷　待たせてもらうよ。
用立　比嘉総務部長がなにか。
新屋敷　奴は、前科者だぞ。那覇警察署に三年いた。
ナベ　（声をひそめて）アカだったんだよ。……取り調べがきつかった。指の間に鉛筆を挟んで、ギュー。
用立　うわあ。
ナベ　縄で吊るす。
用立　勘弁してください。
ナベ　爪先にお灸をすえる。
用立　アチチチチ。もうけっしていたしませーん。
ナベ　竹刀でぶん殴る……
用立　やめてください。
ナベ　便所にな、這って行ったたって。
新屋敷　どうしても支那との戦に反対だて、いうことを聞かんもんだから、本官が、新川に住んでおった長輝の父親を那覇警察に連れてったわけさあ。それで、やっと性根入れ替えて……。

ナベ　八重山に戻ってきても、村八分でさ。荷車、引いたり、サトウキビを作ったり。（と台所へ）

新屋敷　あんな非国民が八重山国の総務部長とはな。

そこへ、キクノと英文が「ただ今」と、薪を積んだ自転車を引いてくる。

用立　ご苦労さま。

キクノ　（バーキから冬瓜を出して）冬瓜《シブイ》で一週間分の購読料。

新屋敷　おい、こら。その自転車、どこから盗んできた。

英文　人を見たら泥棒と思えか。

キクノ　自転車屋の与座《よざ》さん、購読料の代わり自転車貸すって。

用立　でかした。自転車なら配達、楽だし、どこに取材に行くにも便利だ。さっそく支庁に行ってこよう。（自転車で出て行く）

キクノ　大浜の前津さんは、薪を購読料にしてくれって。

英文　みんな、これからの八重山がどうなるか、外の世界はどう動いているのか、知りたいんだ。

新屋敷　（新聞を取って）お前たち、誰の許可を取って発行しているのかね。

籠をかついだタマと長輝が戻ってくる。

ナベ　（お盆を持って出てきて）キニーネ、もらえたかい。
長輝　軍も五百人のマラリア患者を抱えているんだって、けんもほろろ。
英文　（タマに）また、ヨモギ取りか？
タマ　そうよ。
用立　ヨモギ汁、マラリアに効くって本当かね。
タマ　だって、桑原さん、元気になってるもの。
アサコ　（座敷から出てきて）腹減ったって子どもたちが騒いでるよ。
キクノ　はーい。
タマ　私も手伝う。

二人、台所に向かう。

新屋敷　比嘉長輝！
長輝　なんです。
新屋敷　（紙面を指して）宮良大統領？　大統領といえば、国家元首だろう。（直立して）日本帝国の元首は畏れ多くも天皇陛下だ。陛下の詔勅なしに、議会を開いたり、政をしてはならんのだ。

英文　昭和二十一年の年頭にあたり、天皇は詔書を発せられました。（メモを出し偉そうに）読んで聞かせる。

新屋敷　（直立不動）はあ。

英文　（読む）「朕と爾等国民との紐帯は、始終相互の信頼と敬愛とによりて結ばれ、たんなる神話と伝説とによりて生ぜるものにあらず。天皇をもって現人神とし、かつ日本国民をもつて他の民族に優越せる民族にして、延いて世界を支配すべき運命を有するとの、架空なる観念に基づくものにあらず。」

ナベ　どういうことさあ？

長輝　天皇は神様じゃなく、人間なんだそうだ。

ナベ　どおりで、神風、吹かなかったわけだ。

　　タマとキクノ、座敷に食事を運ぶ。
　　そこへ、飛行機の爆音。

ナベ　（旋回する飛行機を見上げて）久しぶりのアメリカーだ。

長輝　武装解除したっきり、マラリアが恐くて逃げ帰っちまったさあ。

座敷から、特攻服を着た桑原が、「ぎゃー」と叫んで飛び出た。

桑原　敵機来襲！　敵機来襲！（と、指さして）あの音はグラマン艦載機であります。

タマ　（飛び出してきて）桑原さん。

桑原　目標の艦艇まで約二キロ、十秒後に急降下攻撃に移ります。

タマ　（助け起こして）アメリカーとの戦、終わったんだよ。

ナベ　（桑原の額に手をやって）熱は下がったようだけどねえ。

アサコ　（出てきて）いくら大声出したって、詮ないことさあ。

タマ　（桑原に）さあ、立って。いま、ヨモギ汁作ってるから。（と、台所へ）

桑原　すみません、すみません。（ついていく）

英文　いいか、新屋敷。（鞄からノートを出して）日本共産党第五回大会から、琉球の民衆へメッセージが届いている。「長きにわたり日本の封建的支配を受け、明治以降は、日本の天皇制帝国主義の搾取と圧迫に苦しめられていた沖縄人諸君が、ついに多年の願望たる独立を獲得する事を、大きな喜びと感じておられることでしょう」

アサコ　共産党も、琉球独立って言ってんの。

英文　この声明書いたのは、共産党の徳田って書記長だ。

長輝　徳田球一さんか？
英文　はい。
長輝　球一さんは名護の生まれでね。鹿児島士族だった父親が、那覇の遊女に産ませた子だ。親父は、息子に琉球一の人間になれって。
アサコ　それで、球一か。
新屋敷　徳田球一は、三・一五事件で検挙されたはずだ。
英文　（メモを示す）十月に府中刑務所から出てきた。

そこへ、珍吉がヤスを持って飛び込んでくる。

長輝　どうした、大城。
珍吉　（英文にヤスと新聞を突きつけて）南風原、こりゃなんだ。
長輝　大城君！　危ない。
珍吉　バヌらの戦は、まちがいだっただと？
長輝　そうだ、大東亜戦争は、アジアの人々を苦しめた。
珍吉　じゃ、このたびの戦で死んだ者は犬死にか？
キクノ　（座敷から飛び出して）珍吉、やめなさい。

珍吉　姉ちゃんは引っ込んでろ。
マイツ　（出てきて）珍吉、やめろ。
珍吉　安谷屋のばあちゃん。口惜しいだろう。あんたの息子さんは、敵の航空母艦に体当たりしたから二階級特進で中佐。勲四等旭日章も賜って、わが八重山の誉れって「海南新報」は書いた。
英文　……すまん。
新屋敷　安谷屋さんの家の前を通るもんは手を合わせたもんさー。
珍吉　長輝先生。先生はこのたびの大東亜戦争は、数千年の文明を有する大東亜民族の王道と、欧米覇権勢力との決戦である。（息苦しくなった）先生は、そう教えてくださった。
長輝　大城、私を殴れ。
英文　先生。
アサコ　（珍吉に）おい、若造。大東亜共栄圏なんてもんは、腹の足しにゃならんさあ。
珍吉　なんだと？（殴りかかる）
アサコ　（その腕首を握って）握れば拳、開けば手の平（と、手を開かせる）。な、この手は、女を可愛がるためにあるんだよ。（と、自分の胸に）
珍吉　あれ！（あわてて手を引き、倒れた）
キクノ　珍吉。
ナベ　英文、医者だ。

マイツ　（のぞき込んで）こら、病じゃないさあ。栄養失調だ。ナベ、黒砂糖、持ってこい。
ナベ　はいよ。（台所に行く）

そこへ、用立が自転車で戻ってくる。

用立　大変だ。アメリカーがきた。
英文　米軍かい？
用立　でっけえ船で、兵隊が十一人上陸しました。

みな、出て行き、アサコと珍吉と桑原が残った。

ナベ　（珍吉の口に砂糖を入れる）さあ、食え。
アサコ　（珍吉の横にしゃがんで）どうだ。ワンの船に乗ってみんか。
珍吉　カツオか？
アサコ　アーイ、カツオ漁なんかじゃ、五千円払えん。ナンチョーラだ。
珍吉　なんちょうら……。
アサコ　海人草。虫下しさあ。

珍吉　ムシクダシ。

アサコ　日本の餓鬼どもは腹に回虫飼っとる。これじゃ回虫に食料援助してるようなもんだ。だから、海人草は米軍に高値で売れる。三か月働きゃ、一年は食えるぞ。

珍吉　（立ち上がって）乗ります。

アサコ　ボロ船だから、海が荒れると沈むぞ。それでもくるか？

珍吉　行きます。

そこへ、タマが蒸かした芋を持ってきた。

タマ　珍吉、これを食え。

珍吉　すまんです。（と食べる）

桑原　（アサコに）あの……。

アサコ　なんだ、特攻くずれ。

桑原　自分も連れて行ってくださいませんか。

アサコ　お前、潜れんのか？

桑原　海に潜るんですか？

ナベ　この子は、新川《あらかわ》の親方に売られたヤトイングワーだ。

アサコ　いくつで売られた。
珍吉　七つんときだ。
ナベ　糸満の海人はな、何十人もで海に潜る追い込み漁をやる。親方に売られた貧しい家の子は、七、八歳から親方に無理矢理海につっ込まれて、潜りを覚える。年季が明ける二十歳までは奴隷さあ。
桑原　……。
アサコ　三週間、天水《てんすい》飲んで過ごすんだぞ。
桑原　はい。私は一度は死んだ身ですから。ここで、ただ飯いただいているのが心苦しくて。
アサコ　よし、おまえ、コックやれ。
桑原　ありがとうございます。
用立　（戻ってきて）ナベさん。アメリカーがこの家にくるよ。
ナベ　アメリカーがなんで？
用立　日本人の顔をしたアメリカーが、ハエバラさんのお宅はどこでしょうって。

赤十字のマークの付いた箱を持ったダン、キクノに案内されて入ってくる。続いて新屋敷。珍吉がヤスを構えた。

アサコ　珍吉。ワンが今度買い入れた「開幸丸」を見せてやろう。

珍吉　（敬礼して）はいィ！
アサコ　（桑原に）お前も、こい。
桑原　はい。

三人は、出て行った。

ナベ　（進み出て）遠路はるばる、よくいらっしゃいました。
ダン　私は、ダン・島袋と言います。

みな、なんとなく、お辞儀をする。

ダン　八重山のみなさんは、このたびの戦争で大変苦労をされました。上陸して、緊急の課題はマラリア対策だとわかりました。わが衛生兵は米兵分として二千錠の特効薬を持っています。米国で開発されたアテプリンという薬です。これをみなさんで、患者宅に配っていただきたいのですが。
用立　助かります。さっそく手分けして配ります。
キクノ　浦崎先生のところは、私が行きます。
ダン　よろしくお願いします。

用立　私は、新川先生と天久先生のところ。

用立、キクノが出て行く。

ナベ　聞いていいかね。
ダン　はい。
ナベ　沖縄の戦が終わってもう半年になる。どうしてアメリカーは、八重山をほっといたのさあ。
ダン　ステイツの軍隊は先月まで、沖縄守備軍の敗残兵と戦う一方、十万人分の住民のキャンプを作り、食料一万四千トンを陸揚げ、負傷者のために百カ所に病院や診療所を作りました。
新屋敷　いやあ、アメリカさまは、救世主であります。
ダン　（新屋敷に）ポリスは昼間からこの家で何をしていますか？　ゲットアウト！
新屋敷　は。（表に出る）
ダン　（ナベに）海、きれいですね。
ナベ　石垣島ははじめてかね。
ダン　オアフ島で生まれたものですから。（小声で）ナベさんですね。
ナベ　あんた、なんでバヌの名前、知っとる？
ダン　南風原英詳から、石垣島に行ったら、南風原ナベの安否を聞いてこいと言われまして……。

ナベ　あんた、英詳のお知り合い。
ダン　息子です。
ナベ　(絶句した)……英詳、元気か?
ダン　大好物のラフテーの食い過ぎで、少々血圧が高いですが……。
ナベ　(笑った)仕事、うまくいってるの。
ダン　ホノルル市内でレストラン、やってます。パパは言います。ハワイに渡った当初、沖縄人は自分の家で豚を飼う野蛮人だってんで、ヤマトンチューから「沖縄ケンケン、豚カウカウ」って虐められました。バット、一九二〇年代に、パールハーバーに本土からたくさんの水兵、やってきました。若い水兵さん、刺身よりトンカツが好きです。オアフ島のウチナンチュは、五千頭の豚と千頭の牛を飼っています。
ナベ　すごいね。
ダン　(耳を澄ませて)あれはシロガシラですか。
ナベ　カンムリワシさあ。ポーポー、ポーパッポーと聞こえるのは、ズアカアオバト。ケッケッケッと鳴くのはホオグロヤモリ。
ダン　八重山のデェイゴの花、風になびくサトウキビ畑……パパから何度も何度も聞きました。
ナベ　(外を見て)うちでは南風原英詳は、ハワイに逃げたんじゃなく、シベリアのニコラエフスクで戦死したことになってるの。だから……

そこへ、英文とタマ、マイツを連れて帰ってくる。

ナベ　バヌの息子と娘だ。

ダン　はじめてお目にかかります。アメリカ海軍語学部隊上等兵ダン……島袋です。

ナベ　そろそろお昼だ。タマ、なにか支度を。

ダン　NO！　お心は嬉しいのですが、米軍は食料の現地調達を禁止していますので……。（時計を見て）そろそろ、船に戻らなくてはなりません。午後からは、住民のみなさんの希望や問題点をお聞きします。裁判所に仮事務所を設けますから、お集まりください。失礼します。（敬礼をして、出て行く）

マイツ　日本語、上手だのう。

ナベ　元は日本人だからね。

長輝、戻ってくる。

英文　どうでした？

長輝　チュース少佐、ルイス軍医中佐との話し合いは、非常に友好的だった。だが……。

英文　八重山共和国はどうなるのですか。
長輝　琉球に対する日本帝国政府のすべての行政権を停止するそうだ。
ナベ　てことは、バカダーは、アメリカーの捕虜かい？
長輝　琉球は、日本国と切り離されて、米軍の軍政下におかれる。

マイツが川良山《からやま》節を歌った。

マイツ　川良山《からやま》ぬ上《うい》なかヨーホー
白雲《しらくむ》ぬ立ちゅらばヨーホー
「サーンゾカヌサイヨーホー」
白雲で思《う》むゆなヨーホー
ぬり雲《くむ》で思むゆなヨーホー
「サーンゾカヌサイヨーホー」
英文　八重山共和国、儚い夢だったか。

3

星条旗の前のダン。

ダン　ペリーの艦隊の言語学者は、日本語と琉球語の類似点を調べています。

ペリーの日琉言語比較表。

Eye	Me（目）	Mee
Wine	Sake（酒）	Saki
Wind	Kaze（風）	Hadzee
Chicken	Niwatori（鶏）	Nuatuee
Egg	Tamago（卵）	Tamague
Mouth	Kuchi（口）	Koo-tse

ダン　沖縄方言にはエ音がなくイになります。（指して）目はミイ、Wineはサケではなくサキです。細いヌードルそーめんはソーミンと似ているので、日本語の一方言だと言う人もいます。しかし、

太平洋や南アジアから入ってきた言葉も混ざっています。魚はイズ、海はトゥモール、星はフスで、琉球人の日常会話は本土の人々には理解できません。語学部隊は日本の沖縄守備隊の指令を傍受しています。「軍人軍属を問わず標準語以外の使用を禁ず。沖縄語を以て談話しある者は、スパイとして処分す」。

＊ 一九四六年

イワサキクサゼミが鳴く。

英文は、新聞の原稿を書いている。

風呂から出たのだろう。手拭いを肩に桑原と珍吉。

桑原　南シナ海をどんどん南下する。もう少しでフィリピンだってとこで西に舵を取るとバシー海峡だ。プラタス島ってな、香港の沖合三百キロ。半径一キロのちっぽけな島さ。海賊がウヨウヨしてるってアサコさんが脅すんだ。

タマ　三か月、よく頑張ったね。

珍吉　海の上じゃあ、逃げられないよ。

桑原　水がないから、スコールがくるとテントを広げて溜めるんだ。風呂なんて三か月ぶりだ。

タマ　アサコさん、たんと払ってくれるんだろう。

珍吉　バヌに二万B円だ。

タマ　たった三か月で二万円！

桑原　珍吉は十五メーターも潜るんだぜ。七十日間、朝六時から日が暮れるまで潜り続ける。

そこへ、白いブラウスのアサコ。

アサコ　「船、下ろしてくれぇ」ってべそかいてた小僧が、陸《おか》へ上がったら武勇伝かい。桑原。お前には、新円でやるからな。

桑原　助かります。

タマ　なんで琉球だけアメリカ軍票のB円なのさ。

英文　琉球は、日本じゃないからさ。

タマ　一緒に戦ったのに、どうして日本じゃないのさ？

英文　朝鮮人も台湾人も一緒に戦ったさ。

タマ　アッコン届けてきます。（と自転車に乗っていく）

ナベが台所から出てきた。

アサコ　ナベさん。人集めお願いできないかねえ。仕分けしなきゃあならん海人草、五トンある。
ナベ　海人草五トン、誰が買うんだ。
アサコ　ワンの亭主は、ルソン島で玉砕した。その部隊から奇跡的に生還した中内って根性ある兄ちゃんが神戸で薬屋やってな。その兄ちゃんが高く買ってくれるんだ。一日、二十円でどうだろう。
ナベ　二十円なら、すぐ集まるさあ。さあ、食事にしてください。（お盆を持って座敷へ）

珍吉とアサコと桑原、座敷に上がる。
そこへ、「アッツァ、ソーラ」〔暑いね〕と新屋敷。

英文　朝っぱらから、八重山警察の検閲？
新屋敷　そう虐めないでください。民主警察として、再出発したんですから。自分ら警察官も米軍の意向を知らんことには、任務を全うできんません。（と、新聞を読む）
用立　（映写室から新聞を持って降りてきて）読むんだったら、買ってください。（奥に）キクノ、仕分けだよ。
キクノ　はーい。
新屋敷　（読んで）補給物資が石垣港に着くと発表した。米二百五十袋、缶詰六百六十缶、食用油五缶、塩五十袋。うーん、米軍はやることがでかい。

キクノ　孤児院、十一箇所作ってくれたさあ。

用立　お陰でキクノは孤児の世話をしなくてもよくなり、「海南新報」の配達員です。（キクノに）石垣二十、新川十二、登野城八だ。

キクノ　（新屋敷の新聞を取り上げて）三円です。行ってきます。（新聞を持って出て行く）

新屋敷　三円てば、アッコン一斤の値段じゃないか。そんなペラペラの紙で。

英文　（芋を手にして）わしたちは、新聞を売って生活しているんだから。

船の汽笛が鳴る。

長輝、やってくる。

長輝　お早う。新聞、売れてるようだね。

英文　琉球がアメリカの四十九番目の州になってしまうのか、心配しています。

用立　八重山共和国大統領だった宮良長詳さんが、群島政府の長になり、総務部長には長輝先生を起用した。八重山共和国の自治は引き継がれているわけでしょう。

長輝　いや。群島政府は米軍の命令を実行する機関で、住民に対して責任を持っているわけじゃない。軍政官ラブレス中尉の言いなりだ。

「ハーイ」とダンがくる。

英文、無言で映写室へ。

新屋敷　グッド・モーニング・サー。

ダン　八重山署の留置所、完成しましたね。

新屋敷　留置所ができましたが、米軍の食料支給で、芋泥棒がいなくなって、空き家です。

ダン　刑務所と警察官が無用の長物になる社会が理想です。

新屋敷　「無用の長物」。さすが語学兵。

座敷から、珍吉と桑原、アサコ、ナベ出てくる。

アサコ　ごちそうさまでした。（ダンに）ご苦労様です。

ダン　比嘉総務部長。

長輝　はい。（立った）

ダン　今朝方、アテプリン百二十万錠が届きました。

長輝　助かります。

ダン　石垣島にはＬＳＴが入港できませんから艀で上げますが、西表、与那国には艀もありません。

長輝　弱ったな。波照間、黒島、竹富にも患者がたくさんいるんです。
アサコ　そんなら、ワンが開幸丸を出すさあ。珍吉、桑原。今から、薬と食料、積み込むぞ。
二人　了解。
ダン　お願いできますか？
アサコ　ヒューマニズムに目覚めちゃってねえ。
長輝　助かります。総務部に、崎山静男って男がいます。崎山を乗せていってください。
アサコ　わかった。行くぞ。
二人　はいィ！

三人は出て行った。

長輝　相変わらず、元気いいな。
ナベ　あの人見てると、気持ちが晴れ晴れする。
長輝　島袋さん。
ダン　なんでしょう。
長輝　日本本土は間接統治で、女性も参政権を持ちました。どうして、琉球には軍政を布くのですか？
ダン　今の日本政府には琉球を、とくに焦土と化した沖縄本島を復興する力はないとＧＨＱは判断したのです。私たちは、沖縄住民十万人分の食糧と衣類、医薬品を陸揚げしました。来月には看護学校を作ります。
新屋敷　琉球人の看護婦を養成してくださるのですか?
ダン　沖縄は、ひめゆり学徒隊をはじめ、多くの看護婦を失いましたから。

そこへ、キクノ。

キクノ　大川の南島病院、新聞とってくれるって。
用立　ご苦労さん。
ダン　あのう……（とモジモジ）
用立　なんですか?
ダン　大城さん。（と、ポケットから小さな箱）
キクノ　（無視して）ああ、お腹空いた。
ダン　今度、軍の食堂で現地の方々に働いていただくことになりました。いかがでしょう。
キクノ　……。
ダン　パーティー、明日なんですが。（小箱を机に置く）

キクノは台所へ行った。
そこへ、リアカーを引いた林。

新屋敷　おい、こらぁ！　積んである荷物はなんだ。
林　紙さあ。
新屋敷　紙？　便所紙か？
林　いいや、新聞、作るにも紙がないってこちらの坊ちゃんが。
ナベ　（映写室に向かって大声で）英文。林さんが紙を運んでくれたよ。
新屋敷　どこから運んできたんだ。
林　台湾からさ。
新屋敷　密輸入罪で逮捕する。八重山刑務所入り第一号だ。
林　（新屋敷の胸ぐらをつかんだ）なんだぁ、この野郎！
新屋敷　（ダンに）いかがしましょうか？
ダン　新聞は琉球の民主化に必要です。
英文　（降りてきて）林さん、ありがとう。先生、これ。（油紙に包んだ本を出す）今朝方、大川の拝所の
　デイゴの木の下から、掘り出してきました。
長輝　（本を手にとって）河上肇「第二貧乏物語り」。十二年間、土に埋まって。河上先生、今年の一

月にお亡くなりになった。

英文　あがやー。亡くなった。

長輝　栄養失調に肺炎を患って。

英文と用立、紙を「八重山館」の映写室に運びこむ。

新屋敷　（リアカーを見て）こらっ、そっちの袋は米じゃないのか。

林　ああ、そうだ。八重山の奴らに蓬莱米、食わしてやりたくてさ。

ナベ　この人は沖縄戦の直前、島田叡《あきら》知事に頼まれて、アメリカーの潜水艦がうようよする東シナ海を渡って飢えてる沖縄に米、届けたさあ。

林　五隻のうち、那覇にたどり着いたのは、俺の乗った一隻だけ。後の四隻は魚雷でドーンだ。

ダン　新屋敷さん。わが軍は小麦粉二千トンを八重山に運びました。しかし、八重山の人たちが食べたいのは、ライスです。

新屋敷　は。日本人、ライス、ライスキであります。

林　おう、用立。残り、運んでくれるか。

用立　わかりました。（リアカーを引いていく）

新屋敷　お手伝いしましょう。（用立についていく）

長輝　シマブクロさん。今年から一週間に二日、小学校で授業ができるようになりました。チュース少佐は、ウチナーグチの教科書を作れと言うのです。

ダン　日本語と琉球語が枝分かれしたのは、飛鳥時代より前と習いました。ウチナーグチとヤマトグチは、スペイン語とイタリア語以上にちがいます。

長輝　琉球にはたくさんの島があり、別々の方言を喋っています。黒島の小学校を出て石垣の中学に進んだ子どもは、初めて電灯というものを見ますが、石垣の言葉がわからず馬鹿にされました。沖縄本島の県立高校に進むと首里言葉がちんぷんかんぷん。大学のある東京では、地下鉄が走っとった。……町には「朝鮮人と琉球人お断り」って張り紙。方言は文化ですが、共通語は文明です。私はウチナーグチの教科書を作ることには反対です。

そこへ、タマが「デーズだよ」と叫びながら自転車でくる。

ナベ　なにがデーズだ?

タマ　宮良長詳先生のお宅に新聞届けたら、先生、カンカンに怒って群島政府から……。なんでも、チュース少佐に辞表を叩きつけて帰ってきたって。

長輝　宮良さんが、辞表?

ダン　わたし、キャンプに帰ります。（駆け出す）

長輝　先生はどうなさってるんだ。
タマ　まだお日様が出てるのに、泡盛、茶碗で飲みはじめてます。
英文　先生。
長輝　ああ。

英文と用立、長輝について出て行く。

ナベ　キクノ。ダンさんの贈り物しまっておおき。
林　占領軍のプレゼントかい。（包みを開ける）
タマ　チョコレートかな？
林　こりゃ口紅さ。
ナベ　唇にぬるのかい。
林　ああ、西洋の女は唇に紅塗って、男心をそそるんだ。塗ってやろうか。
タマ　キクノ、あの二世にキャンプのパーティー誘われたんだって？
キクノ　パーティーなんて、アメリカに殺されたバヌのビゲーとブネーに申しわけが立たねえさあ。
（と、台所に去る）
林　（タマに）おい、ヤナカーギー。お土産だ。

タマ　また、きたのか？
林　お前に会いたくってな。胡桃入りパイナップルケーキだぞ。甘いもんに飢えとるんだろう。
タマ　早く、台湾に帰れ。
林　はいはい。（ナベに）南風原さん、わしも泡盛飲みたい。
ナベ　まだ、お日さん、沈んじゃいないよ。

ナベの後、林も台所に入った。
タマ、そっと机に置かれた口紅を手に取って、マイツの織り機の裏に隠れる。
泡盛の瓶を持った林と皿と箸を持ったナベが出てくる。

林　平喜名飛行場の跡地な。陸稲《おかぼ》植えるより、キビを植えな。今、日本中が甘いもんに飢えてる。
ナベ　米が足りなくて餓死者が出るって。砂糖より米だ。
林　東京じゃ、キロ四十銭だった砂糖が百円してる。本土じゃ育たんサトウキビで儲けて、本土でも作れる米を買やあいいんだ。
ナベ　今度は、何を企んでる？
林　八重山の台湾人、迎えにきた。
ナベ　（林のコップの泡盛を飲む）あんたが、台湾からパイナップルを持ってきた頃、よく食べて、よく飲んだなあ。

林　（懐から新聞の包みを出す）これ。

ナベ　なんだい。

林　俺の気持ちだ。

ナベ　金か。

林　こんなことしかできない。

ナベ　（包みを押して）お前に、そんなことしてもらう筋合いはねえ。

林　タマの養育費さ。

ナベ　あんたは、大きなバヌのお腹に手をやって、生まれてくる子の指が一本足りなくても大事に育てようって言った。

林　台湾人も大東亜戦争に志願した。戦死した二万人は靖国神社に祀られているから日本人のままだ。

ナベ　生き残ったあんたは、日本人にしてもらえない。八重山も寂しくなる。（グイと泡盛を飲んで立ち上がる）今夜はなんかうまいもん食わせるさ。（と台所へ入る）

タマ、顔を出す。

アサコと桑原が帰ってくるのでしゃがむ。

林　ああ、ご苦労さん。
アサコ　林さん。エンジンの調子がよくないんで、見てくれないか。
林　おんぼろカツオ船だからな。今度ぁ、なに、運んできた？
アサコ　航空母艦一隻、戦艦三隻だ。
桑原　航空母艦ですか？
林　戦艦はウィスキー。航空母艦は米。巡洋艦は缶詰さぁ。
桑原　船長が言ってたイキガマサイって、なんですか。
林　アサコのことか。イキガマサイは、男勝りってこと。
桑原　先島《さきしま》に薬を届けるなんて、アサコさんもヒューマニズムですね。
アサコ　唐《とう》の世《ゆ》からヤマトの世、ヤマトの世からアメリカの世。（声を潜めて）林の運んできた砂糖を神戸へ運ぶ。いいか、米軍政府に恩を売っとけば、臨検されずにすむ。
桑原　勉強になります。こんなに儲けてるのに、どうして沈没しそうな船に乗ってるんですか。
アサコ　闇船は拿捕されたら、取り上げられちまうからさ。月末に神戸まで送ってやるから、準備しとけ。
林　（桑原に）お前、丸4じゃなかったのか？
アサコ　マルヨン……。
林　ベニヤの船に車のエンジン積んで、舳先に二百五十キロの爆弾乗っけて体当たりしようって……。

桑原　特攻艇ですね。私は飛行隊でした。

林　特攻艇、何隻あったんだ。（道具箱から工具を取り出す）

桑原　宮良湾の第三十九震洋隊二百隻、小浜に六十隻と聞いております。

林　一隻も出撃しなかったというが、船はどうした。

桑原　米軍がくる前に、山城や川平の海に棄てたようです。

林　お宝を海に棄てたか！　いすゞやダイハツのエンジン、台湾に持って行きゃあ、蓬萊米十トン買えるんだぞ。明日案内しろ。

桑原　はい。

林　（道具箱を取ってきてアサコに）いくぞ。

林とアサコが出て行った。
機織り機の陰からタマ、出てきた。

タマ　ヤマトに帰るのね。

桑原　海人草の仕分け、一週間で終わるって。八重山はいい所だ。でも……。

タマ　薄情者。

桑原　君にはほんとうにお世話になった。

タマ　それだけ。
桑原　……。東京にはたくさん人がいるけど、寂しい。八重山の人たちはみーんな繋がっている。
タマ　島に住んでいると、それが息苦しいわけさあ。東京じゃあ、アメリカやフランスの映画やってるって。
桑原　本土も食糧難で、たいへんらしいよ。
タマ　桑原さん。
桑原　うん。
タマ　連れてってくれない？
桑原　ええ！　琉球人の日本本土への渡航は禁じられてるよ。
タマ　琉球人が、日本に行くにはパスポートがいる。でも、日本人の奥さんなら行けるでしょう。私のこと、嫌いですか？
桑原　……。

タマは無言で桑原の手を引いて映写室への階段を上がる。
ナベ、台所から料理を持って戻ってくる。
長輝、英文が帰ってくる。

英文　先生も群島政府、やめるんですか。ラブレスとなにをもめたんです。

長輝　宮良さんは、土地や建物をみんなの利益のために没収できるとして、不在地主の土地を取り上げて、疎開からの引き揚げ者に安い小作料で分け与えた。それで、地主たちが騒ぎ出す。

ナベ　（ランプに火をつける）先生、食べてくれ。座敷の宴会の相伴だ。

長輝　総務部長に就任して、役所の大金庫を開けたら、なかにゃ五円札が一枚っきり。だから、バカダーは、資産税、関税、通行税を新設し、それで、金持ちたちに恨まれた。

英文　先生までやめたら、ひどいことになります。

長輝　私のような者が人様の上に立つことが似合わないんだ。八重山群島政府総務部長？　ヘッヘッ。似合わないよ。

座敷から、三線の音が聞こえてきた。

ナベ　（泡盛を持ってきて）やめて、どうするんだい？

長輝　道路工事の現場で働くか、百姓やるか……。

ナベ　あんたも、数えならもう五十だろ。

長輝　まだまだ……。戦争中、牢屋にいた河上肇の「獄中日記」。「牢を出たらどうして暮すつもりぞと、もし人の問ふあらば。私はこの世のどこかの隅でもう何程もない余生をば、どうか人類の邪魔にならぬやう、静かに過ごさして貰ふつもりだと答ふべし」。

そこへ、リアカーを引っ張った用立が珍吉と帰ってくる。

用立　（珍吉に）。助かったよ。もう暗いから、上げるのは明日にしよう。
珍吉　休んでてください。すぐすみますから。（と、紙を降ろす）
英文　（用立に）ご苦労さん。
用立　これであと半年、新聞が出せる。
英文　飲むか。
用立　おう。

珍吉が、紙の束を持って階段を上がる。
キクノは台所へ行く。
長輝とナベは座敷に向かった。
そこへ「バラリンドー！」（ぶっ殺すぞ）と怒鳴り声。
パンツ一つの桑原が、ズボンを持って階段を駆け下りてくる。それを追って珍吉。

キクノ　（お盆を持って出てきていたが）珍吉。（間に入る）
珍吉　このヤマトピトゥは、バカダーの女を……。

珍吉が殴りかかる。用立、英文が外へ出る。

用立　珍吉、落ち着け。
珍吉　ここは日本じゃない。
桑原　日本じゃない？
用立　ここらじゃな。部落の娘は部落の若者たちの……まあ、共有物だ。よその部落のもんが、嫁になってもらいたいときは、青年会に馬手間《うまてま》っていう、権利金を支払わねばならないんだ。
桑原　……
ナベ　（お盆を持って出てきて）林さんが、台湾へ帰るってえから、みんなで食事にしよう。上がっておくれ。
英文　よし。

林を残して、みんな、座敷に上がった。
タマが階段から降りてくる。

林　おい。バヌと一杯やるか。

タマ　飲もう。（林のコップを取って飲んだ）

林　（泡盛をつぎ足して）日本は遠いのう。鹿児島まで千キロ、東京までもう千キロ。フィリピンのマニラならたったの七百五十キロさあ。

タマ　……。

林　日本に行くにゃあ、国境ができたからパスポートがいるなあ。

タマ　林さん、台湾に帰っちゃうの？

林　嵩田へ行ったらな。タイバーシロガシラが鳴いとった。鳥はいいなあ。国境がないから、この島にいつでも渡ってこれる。

4

ペリー星条旗の前のダン。

ダン　（星条旗を指して）これは無条件降伏文書が署名されたミズーリ号上に掲げられた星条旗。星の数は三十一個です。九十二年前、ペリー提督が日本に来航したときに掲げられていた国旗を、その日のために本国から取り寄せたのです。一七七五年、イギリスの植民地だった十三州が、独立戦争を起こし合衆国は誕生しましたから、星条旗の星は十三でした。百年前、ペリー海軍司令長官の指揮によってわが国はメキシコとの戦争に勝ち、ペリーが琉球を訪れたときには三十一州になっていたのです。その後も、合衆国はスペインなどと戦い、現在の星条旗には四十八の星が輝いています。

＊　一九四七年四月の末

春になって戻ってきたムクドリが「チッチチチチ」と鳴く。

夕暮れが近い。

タマとマイツとナベが布きれを縫い合わせている。

マイツ　どれぐらいの大きさにするんだい。
用立　縦六枚、横八枚、四十八枚で旗ができる。
マイツ　旗を作ってどうするのさ。
用立　明々後日は五月一日。メイ・デイって労働者のお祭りだ。
マイツ　めでてえお祭りなのか。
用立　メイは英語で五月。
ナベ　なんでアメリカ語なんだ。五月祭って言えばいいのに。（タマに）そろそろ、お座敷の用意して。
（台所へ）
タマ　へーい。（座敷に向かう）
用立　みんなで、役所の前を行進するんだけど、旗ぐらい持たなくちゃお弔いの行列だ。ほんとは、赤旗なんだが、赤い布なんて島にはないから。

そこへ、「ただ今」とキクノ。

ナベ　ご苦労様だったね。
キクノ　石垣さんのところ、亡くなったお祖母ちゃんの着物だって。すり切れてるけどどって。
マイツ　こりゃ、いいもんだよ。旗なんかにしたらもったいない。

用立　（見て）デーズだよ！　隠せ。

ナベ　ムシャローン。（旗を机の下に隠す）

新屋敷、「タマちゃんに国際郵便きたよ」とやってくる。

ナベ　桑原さんからか。

新屋敷　ヤマトからさ。

タマ　（見て）あがやー、外国から？

タマ、頷いて、手紙を読み出す。

新屋敷　（ナベに）あれ、出しといてくれた？

ナベ　駐在さんのいうことならなんでもイエッサー。（台所へ）

英文　（映写室から出てくる）おおい、長輝先生に頼まれたポスター運んでくれ。

用立　へーい。（出て行く）

タマ　（手紙を読みながら）傘カブランカってアメリカの映画見たって。いいなあ東京は。（窓の外を見て）
八重山館、いつになったら映画始めんだろう。最後に観た映画は水戸光子の「花咲く港」だった。

肩パットの入ったスーツと白い帽子のアサコと珍吉が入ってくる。

アサコ　キューヤ、アツァ、ソーラ〔暑いねえ今日は〕。
タマ　アイ、アサコさん、おめかしして。
アサコ　幸子と愛子を連れて登野城小学校に行ってきたさ。幸子は二年生から始めるって。
新屋敷　あんたまだ、密貿易、やってんのか。
アサコ　（珍吉の運んできた袋から缶詰を出して）駐在さん、どうぞお一つ。
新屋敷　イビー。アメリカーの缶詰。
アサコ　野戦用の携帯弁当、Kレーション。（袋から出して）これがランチョンミートが入ってるCレーション。コーヒー、マッチと煙草、チューインガムだって入ってる。日本軍が太平洋の島で餓死してるとき、アメリカ兵は、毎日こんなもん食ってたんだよ。子どもたちに持って帰りな。
新屋敷　いただけるんですか。
アサコ　新聞屋。
英文　はい。
アリコ　おまえさんの欲しがっていたもんを密輸してきたぞ。（冊子を出す）
新屋敷　密輸？

英文　（読んで）憲法普及会編「新しい憲法・明るい生活」か。
アサコ　ウチナーンチュにゃ目に毒だから、密輸するしかねえんだ。
英文　（読む）「旧憲法では国の政治の最高の権限は天皇がお持ちになつていた。そのため一部の軍人や重臣などが天皇の名をかりて、わがまま勝手にふるまい、悪い政治を行うすきが多かった。」
新屋敷　ちょっと本官にも。
英文　ここ、読んで見ろ。
新屋敷　（読む）「警察や検事局が国民を手続なしに捕えて幾日も留置場へ入れておいたり、むごい方法で取調べを行い、むりやりに自白させたり……。」

ナベが竿と金の玉の入った箱を持って出てくる。

ナベ　去年の今ごろはマラリア騒ぎで、天長節どこじゃなかったなあ。
新屋敷　ありがたい。（日の丸の旗を箱から出す）
アサコ　警察署の日の丸はどうしたい。
新屋敷　進め一億、火の玉になっちまった。

そのとき、三十五ワットの電灯がついた。

アサコ　ああ、石垣でも、発電始まったんだ。

珍吉　一昨日、ドラム缶二百本、石垣港に到着しました。艀が三隻出て、バヌも朝から陸揚げ作業、やったよ。

キクノ　（座敷から出てきて）お客様、お揃いになりました。（と、台所へ）

ナベ　お陰様で、うちの座敷にも予約が入った。（と三線を持って座敷へ）

新屋敷　ユーフルヤーが、開いたからね。三年ぶりに風呂に入った。

用立がタブロイド大のポスターを持って映写室から降りてくる。

用立　迫力あるポスター、できました。（ポスターを鋲で壁に貼る）

英文　（読んで）「現政府は資本家のために存す。政府をたたきつぶせ」。先生の字、張り切ってるな。

アサコ　勇ましいねえ。

タマがお盆を持って台所から出てくる。

タマ　（読んで）「群島政府はアメリカのロボットだ」。なあに、これ。

英文　メーデーのスローガン。
タマ　いい加減にしてよ。
新屋敷　（読んで）「米国軍政府は民衆の敵」。こりゃあ、米軍、黙っていないね。石油も食料もめぐんでやった。なのに飼い犬に手を噛まれる。
用立　俺たちは犬じゃない。吉野政権は米軍の言いなりで、金持ちの利益しか考えていない。（映写室へ戻る）
新屋敷　米軍がきてくれなかったら、石垣島は、飢え死にしていたさあ。
タマ　吉野さんが米軍の言いなりなら、あんたたちは長輝先生の言いなり。
英文　お前、来月から、米軍キャンプで働くって、本当か?
タマ　キャンプたって、食堂の給仕だから百B円さあ。
英文　マッカーサーの召使いになるのか。
タマ　（机の上の新聞を取って）儲かりもしない新聞出して、正義の味方のつもりか知らんけど、現金収入、一銭もないのよ。去年までは林さんがお米を運んでくれたけど……。
珍吉　（ビクを持って入ってきて）姉ちゃん。これ、突いてきた。
キクノ　（台所からお盆を持って）タマンか。さっそく、お客に出せるわ。（座敷へ）
タマ　電気、八時に消えちゃうから、今日も予約はたった一組。（ビクを持って台所へ）
アサコ　飢えた餓鬼どもがうようよしとる島で、宴会やるのはどこのどいつだ。

ナベ　（座敷から出てきて）港湾部の大山部長さま。
アサコ　港湾部。そりゃご挨拶しとかなきゃあ。珍吉。
珍吉　へい。
アサコ　開幸丸へかえってな。赤丸、一本持ってこい。
珍吉　へい。（駆け出す）
新屋敷　赤丸って日の丸かい？
アサコ　ラッキー・ストライクってアメリカの煙草。

そこへ、リアカーを引いて林。

林　友有り、遠方より来る。
ナベ　林、どうしたの！
アサコ　台湾に帰ったんじゃ……。
林　戻った台湾が蒋介石軍に占領された。大陸からやってきた兵隊は軍服もボロボロ、根性もボロボロ。略奪、強姦は当たり前。みんな言ってる。「犬が帰った後に豚がきた」って。
アサコ　日本人は犬で、大陸からきた兵隊は豚。
林　この二月、頭にきた台湾人が、全土でどっと街頭に出た。放送局に押し入って、「台湾人よ立ち

上がれ！」って日本語で叫んで、鳴らしたのはなんと軍艦マーチ。（歌う）タンタン、タンタカタッタ……（ナベと台所へ）

新屋敷　林。お前まさか密入国じゃ。

アサコ　こらっ、お巡り。さっきやったKレーション、米軍からの盗品だってこと、忘れんなよ。（と座敷に）

珍吉、行こうとする。
出会い頭に、ダンが「クヨーナーラ」とやってきた。
新屋敷、日の丸を隠す。

ダン　比嘉長輝さん、こちらにいらっしゃいませんか？

ナベ　石油の陸揚げ作業に出ています。

ダン　先生、ドラム缶担いでるんですか。

ナベ　そう。

ダン　新屋敷さん。港へ比嘉さんを呼びに行っていただけますか。

新屋敷　へい。（こそこそ出て行く）白地に赤くぅ……。

タマ　（台所から出てきて）暑かったですねえ、今日は。（ダンにポスターを見せまいと）マンゴ・ジュース、いかがです。

ダン　けっこうです。（ポスターの前で腕組みをする）

タマ　ダンさん。アメリカ語、できないバヌがキャンプで働けますか。

ダン　食堂のメニューなんてすぐ覚えられますよ。

キクノ　（出てきて）タマちゃん。渡嘉敷さんがあんたの「鷲《バス》ヌ鳥節《トゥルブシ》」が久しぶりに見たいって。

タマ　あがやー！　踊れるかなあ。

二人、座敷に去る。

ダン　南風原さん。（机の上の新聞を取って）近ごろの「海南新報」の記事にラブレス中尉がナーバスになってるんですよ。

英文　第二十一条。検閲は、これをしてはならない。

ダン　新憲法ですか。残念ながら憲法は日本国にしか適用されません。

英文　第二次農地改革で、日本じゃあ、二百万町歩が解放されてる。なのに八重山じゃあ、地主が未だに高い小作料を取っている。

ダン　八重山は日本ではありません。

英文　あんたの親父は、いつハワイに出て行った。

ダン　一九二八年です。
英文　過酷な年貢に耐えきれずに、八重山から逃げ出した。そうだろう。

そこへ、長輝を担いで珍吉。

英文　先生、大丈夫ですか。
長輝　大丈夫だ。たいしたことはない。
英文　珍吉、浦崎先生、呼んでこい。
珍吉　へい。（走り去る）
英文　チョークより重いもの持ったことのない先生さあ。
ダン　比嘉先生。メーデーのデモ、取りやめていただけませんか。
長輝　私たち八重山労組は、小作料低減、労働賃金値上げ、電灯料値下げの要求を掲げ、石垣港から支庁までデモ行進します。
英文　日本国憲法二十八条。「勤労者の団結する権利及び団体交渉権は、これを保証する」。
ダン　米軍は秩序を望みます。デモ行進のような……
長輝　メーデーのデモはね、シカゴの労働者たちが、八時間労働制を要求して行進したのが始まりだよ。

座敷からは、三線の音が続いている。

長輝　一日は二十四時間。八時間は仕事のために、八時間は休息のために、残りの八時間は人生を楽しく生きるために……。

英文　B円に切り替えのとき、軍政府は五万円以上は預金しろって命令した。こんな離れ小島に、五万円以上の金を持っとる長者が三十七人もいた。戦争でボロ儲けをした連中だ。そいつらが軍政府のおかげで港湾部長に納まり、長輝先生が石垣港でドラム缶を担いでいる日にも、ああして酒を飲んでやがる。

長輝　日本本土で、戦争犯罪人として公職追放を受けたもの、二十万人。しかし、沖縄では、私をはじめとして誰も戦争についての責任を取っていない。

ダン　私はあなたを尊敬しています。あなたはいつも八重山のピープルの幸せをお考えになっています。あなたが軍政府に逮捕される事態を憂慮しています。

用立が芝居のポスターを持って入ってくる。

用立　こっちもできたぞ。

英文　この絵は？
用立　キクノが描いた。
ダン　演劇ですか？
英文　八重山青年団、メーデー・記念公演。（ポスターを壁に貼る）
ダン　（読んで）オヤケ・アカハチ。……人の名前ですか。
英文　八重山の英雄さ。五百年前、八重山の百姓は、首里の琉球王府のかける税金に苦しんどった。それで、遠弥計赤蜂は、反乱軍を組織して琉球国と戦った。
用立　首里の尚真《しょうしん》王の派遣した百隻の連合軍に破れ、八重山は琉球王府の支配下に入り、重い人頭《にんとう》税をかけられた。男はサトウキビを植え、女たちは日がな芭蕉布を織りつづける日々が始まった。

そこへ、珍吉が「デーズだよ」と、引き裂かれた日の丸の旗を持って駆け込んでくる。

珍吉　新屋敷さんがMPに連れていかれました。
長輝　警察官が逮捕された？
珍吉　明日は天長節だからって、MPが「NO」と言うのに、八重山署に日の丸掲げたんです。米兵が日の丸を引きづり下ろして……。
ダン　ミニッツ布告には、「日本帝国の国旗を掲揚し、国歌を歌う者は厳罰に処する」とあります。

とにかく事情を聞いてきます。

ダン、珍吉と去っていく。
台所から酒瓶を抱えた林とナベ。
電気が消えた。

英文　八時か。（ローソクに火をつけた）
ナベ　八時になったら寝ろってわけだ。
英文　百五十馬力の発電機二つだけだから、四十ワットに抑えろってさあ。
用立　じゃあ俺、稽古があるので。（出て行く）
アサコ　（座敷から出てきて）港湾部長殿、ご機嫌でお帰りになりましたよ。
ナベ　長輝。
長輝　はいよ。
ナベ　アメリカーに楯突く気かあ。
長輝　……。
ナベ　わざわざ監獄に入るこたあないだろう。もう、若かあないんだから。
長輝　ハハ。……十二年になるか。三十五だったさあ。那覇警察で親父に泣かれてわしは転んだ。その親父もこの戦で後生《グショー》に行っちまった。一度ぐらいは貫いてみたい……。（立ち上がって）英文、用立たちの稽古見に行かないか。

英文　『オヤケ・アカハチ』か。

長輝　たとえ負け戦でも、筋を通せば名は残る。

英文　名前はいいです。勝っても負けても下っ端の兵隊には名前なんかない。

長輝、「グリシミ、ホーリャヨー〔ごちそうさん〕」と英文と去っていく。

タマ　（泡盛を注いでやって）二度と会えないって思ってた。

林　戦時中は大日本帝国の兵士として、罪作りなことをずいぶんやったさ。釜山から船一杯に朝鮮ピー、ナワピーを乗せて、サイパンやミンダナオの海軍基地に配ってまわった。日本が戦に負けて、船の上で慰安婦関係の書類をみんな焼いた。天皇陛下のために死ねといった日本国も、大陸からきた国民政府も、バヌには用はないとよ。バヌは、台湾人でないよ。戻れないよ。子どもんときから日本語で育って……。（低く歌う）ああ、堂々の輸送船。体ん中にこびりついちまったもんがある。

ナベ　林。ここで一緒に暮らそう。

林　おめえらウチナーンチュだってそうよ。「青葉茂れる桜井の／里のわたりの夕まぐれ」……もう、七五調が体にしみついとる。

アサコ　林。ワンの船に行こう。海に出ればどこの国でもないさあ。

林　見たさ。虫下しの薬ですげえ船、買ったなあ。

アサコ　三十二トンの船に百馬力のダブルシリンダーエンジンを搭載だぜ。海軍の航海士が船長だ。でけえもうけ口がある。公衆衛生局は梅毒の多さにびっくりして、ペニシリンを無制限に使用して治療するってよ。米軍病院の看護婦からペニシリン一瓶、六千円で買って、本土で一万八千円で売れる。

林　一万八千円！　だれがそんな金……。

アサコ　いま神戸の港で元気のいい山口組さ。和歌山沖でな、マストに星条旗を掲げるのさ。スター・アンド・ストライプスが風にヒラヒラしてると、日本の警察は近づかない。

林　米軍が黙ってないだろう？

アサコ　公海上の船は船籍を明らかにしなきゃあいかん。沖縄じゃ、日の丸は御法度だ。沖縄は米国の占領下だ。ハワイの船が星条旗を掲げるように琉球の船が星条旗を掲げてなぜ悪い。

三線の音。港からはうち寄せる波の音。船の汽笛。

琉球国旗の下に、新屋敷とダン。

ダンは、青、白、赤の三色旗の図柄を示す。

ダン　われわれはこのたび、琉球政府旗を制定することとし、その図柄を募集した。青、白、赤の三色で、一番上の青い部分の右端に白い星がある。この星は、海の民が培ってきた気高いMoral、道徳心を表している。

新屋敷　（敬礼して）マッカーサー元帥は、先日、日本の民主化はほぼ達成されたから、占領は終わると宣言なさった。八重山は、いつ日の丸を掲揚できるのでありますか？

カラスの群れが激しく鳴く。
引き裂かれた日章旗の下にマイツ。逆巻く波の音。

マイツ　（ローソクに灯をともす）先祖さまが、ガラサーの姿をしてグソーから訪れなすったよ。ヤマトンチューぬ、気をつけろ。ご先祖が言うとるよ。（歌いだした）

いぇー　ガラサー
いゃあー　後から
ヤマトンチューぬ
鉄砲かたみてぃ

射殺すんど
前見りよ
後見りよ
ガラサーガラサ

ナベ　東シナ海に乗り出して行った琉球の船はな、白地に赤い丸のついた旗、掲げとった。琉球に攻め入った薩摩が、その日の丸を分捕った。島津の殿さまは、江戸幕府に年貢米を運ぶ船に、日の丸の幟をたてたのさあ。

マイツ　今年、石垣じゃあ六百三十七人が生まれ、三百四十五人が死んださあ。

一段高いところに、舵輪を握る林が現れる。
カーバイトのカンテラ。

林　アサコ。米軍は沖縄本島に坪当たり、三トンの砲弾を撃ち込んだというじゃねえか。

アサコ　（下から）ああ、畑のまわりにゃ掘り出された砲弾が積んであるさ。（星条旗を持って林のいる操舵室へ登る）

林　その砲弾をかき集めろ。大陸の内戦で材料鉄くずの値段が沸騰してる。香港に持ち込みゃーボロ儲けだ。人殺しをしようって撃ちこんだ弾は、撃ちこまれ側のもんだろうが。（笑った）百姓のために、邪魔な砲弾を取り除いてやる、こりゃ人助けだ。ヨーソロ。

ツギハギのメーデー旗の前に長輝と用立と英文。

用立　オヤケ・アカハチ、六尺豊かな大男。髪は赤茶けて抜群の力持ち、石垣島の民草に、太陽と崇められ先頭に立って首里王朝に刃向かった。

長輝　琉球王府は、精鋭部隊三千、軍艦四十六隻を石垣に送って反乱鎮圧に乗り出た。アカハチは防戦奮闘したが敗れて、海の彼方へ消えた。

英文　八重山のもんはいつかアカハチが海の彼方からきてくれると信じて今も待つ。信じながら、今もまだ眠っている。

船の上のアサコと林。

アサコ　林は、国民党の戦の片棒を担ぐのかい。（星条旗をポールに縛りつける）

林　国民党が勝とうが共産党が勝とうが知っちゃあいねえ。みんな、人殺しをやめねえ、懲りねえ奴らだ。……だがな、海に出りゃあ、そこは国じゃねえ。東シナ海には、どこの国の法律も通用しねえ。

星条旗が風になびく。
ドドドドと、エンジンがかかった。
逆巻く波音にモーヤ〔カチャーシー〕が激しく。
引き裂かれた日の丸の下には、マイツとナベとタマ。
メーデー旗を振る、長輝、英文、用立。

いぇー　ガラサー
いゃあー　後から
ヤマトンチューぬ
鉄砲かたみてぃ
射殺すんど
前見りよ
後見りよ
ガラサーガラサ

二幕

5

星条旗の前のダン。

ダン　ステイツには、Selective Service System、選抜徴兵登録制度があります。アメリカ国民は、十八歳になったとき、郵便局で徴兵登録することで、国家への忠誠を誓ったとみなされるわけです。今回の沖縄戦で、日本軍の将兵は琉球住民を信用せず、時にはスパイとして殺したのはなぜなのでしょうか。

琉球の徴兵検査の絵。

ダン　琉球列島の住民たちが、自分を日本人と考えるか琉球人と考えるかは、時代によってちがいます。日本本土では明治五年に徴兵制が布かれましたが、沖縄ではそれから二十六年後の明治三十一年、人頭税の残っていた八重山と宮古では、そのまた四年後です。帝都東京から二千キロ、最果ての八重山まで、愛国心が届くのには三十年の年月が必要でした。

アインシュタインの写真。

ダン　第一次世界大戦が始まったとき、アインシュタインは、こう言っています。「二パーセントの国民が兵役拒否すれば、戦争は終わる。各国政府は兵役対象者の二パーセントを収容する刑務所を持っていないからだ」。アインシュタイン自身は「偏平足」の診断書を提出して、スイスの兵役をのがれています。しかし、第二次世界大戦が始まると一転してファシスト国家と戦うことを主張し、原子爆弾の開発をルーズベルト大統領に進言しました。

原子雲。

＊　一九四八年三月

衣装の野良着を着た用立とキクノ。

キクノ「あんたという人がおったのに、バヌは旦那の息子の嫁になって、さんざん虐められたあげくに追い出されて、こうして帰ってきた。すまなかった。」

用立「ワーのビゲーは、旦那が小作料を上げると言って脅すので、仕方なくワーを嫁にやった。そら、仕方ねえことだ。収穫の半分を地主が取る今の小作料でも精いっぱいなんだから。」

キクノ「ヤマトじゃあ、農地改革で、小作人がいなくなった、そう新聞に書いてあった。」

用立　「本土じゃあ、一町歩以上の農地は政府が買い取って小作人に売るんだ。買うお金を百姓は、三十年かかって支払えばいい。」
キクノ　「夢みてえな話だなあ。」
用立　「だけど、琉球じゃあ無理だ。マッカーサーがいねえもの。」
キクノ　「諦めちゃあいけないさあ。本土じゃ、小作人組合を作って……。」
長輝　（立ち上がって）あいっ！　台詞、忘れたのか。（台本を見て）「バガダーも団結することが。」
キクノ　バヌがやるカマドって女、小作人の娘だよ。尋常科しか出てねえ女が団結なんて喋るかね。
長輝　小作人が大地主に逆らえないってことと、わしらが軍政府に逆らえないことは地続きなんだよ。琉球人は決して闘うことをしない。用立。選挙権を手に入れた本土の女性たちがうらやましいか？
用立　新憲法を読んで驚きました。集会結社の自由、何人も健康で文化的生活を送る権利を持っている……。そんなことまで国家に要求できるなんて考えたこともなかった。
長輝　世界で血を流さず人権を手に入れた例《ためし》はない。血を流さず女性が参政権を手に入れた例もない。……濡れ手で粟の人権や選挙権、日本人は大切にすると思うかい？

島ぞうりを履いて頭にタオルを巻き米軍のザックを担いだ珍吉と、カツオを二本持った海人姿のアサコが「はいさい」と入ってくる。

珍吉　姉ちゃん。
キクノ　帰ったか。（アサコに）お世話になりました。
長輝　あいっ！　アサコさん、密貿易やめて、漁師に戻ったの？
アサコ　まさか。この五月に海上保安庁ってのができて、密貿易、取り締まりを始めた。カモフラージュに、宮古沖でカツオ釣ったわけさ。（珍吉の肩を叩いて）さすが糸満の海人に鍛えられた珍吉だ。カジキもいっぱい揚げてな。今、市場に持ってったところだ。
ナベ　（出てきて）ご苦労さん。
珍吉　（ナベに）アッパー、カツオ、少しばかり持ってきた。
ナベ　助かるよ。今日は、三組、予約あるから。キクノ。長輝先生とアサコさんにソーキ汁出してやれ。
キクノ　今日のは牧志牧場の豚だからうまいよ。（台所へ）
長輝　台所でいただくよ。（去る）
アサコ　（ザックを持とうとして指して）どこに置かしてもらおうかな。
用立　運びましょう。（持って）中身はなんです。
珍吉　ペニシリンの売り上げだよ。
用立　ええー。お金ですか。

珍吉　数えるの面倒だから、秤で計って「五十万B円はあるな」って。（封筒を出して）姉ちゃん、アサコさんにもらった。

キクノ　珍吉……（封筒の中を見て）こんなにたくさん。ありがとう。（深々と頭を下げた）

アサコ　珍吉は立派な海人になるさ。

珍吉　この金で、ビゲーとブネーのお墓が作れる。

キクノ　天国でビゲーとブネーが喜ぶよ。

アサコ　今日は、一日、ゆっくりお休み。

キクノ　いっしょに帰ろう。

二人、去っていく。

ナベ　海人の親方に売られたっていうのに、親思いな珍吉だ。

用立　キクノもいい弟、持って鼻高々さ。

そこへ、「キュウヤ、アッツァ、ソーラ」（今日は暑いね）と米軍から支給されたＣＰ（民警察）の制服に防暑用ヘルメットをかぶった新屋敷。

アサコ、ザックの上に坐り、新聞を見る。

ナベ　ああ、民警さん。
新屋敷　シビリアン・ポリスって呼んでください。ＣＰはＭＰの指示に従い、八重山の治安維持につとめる所存であります。
ナベ　ダンさんに取り入って、日の丸下ろしてアメリカーの旗揚げたか。（台所に去る）
用立　川原への道、リースン道路って名前になったって。石垣島はアメリカの領土かね。
アサコ　白保までが、マクラム道路？
新屋敷　マクラム大佐がブルを貸してくれたから、たった二か月で完成だよ。すべてアメリカーのお陰です。
ナベ　（お盆を持って出て）お待ちどう。
アサコ　ミーファアィユー。（長輝の隣に坐る）
新屋敷　（ザックに目をやって）そいつは、米軍のもんじゃないか。
アサコ　あいっ！
新屋敷　中身はなんだ。
ナベ　ＣＰ閣下。本日の任務はなんでありますか。
新屋敷　昨夜、救援物資をＬＳＴが運んできて、艀出して、陸揚げしなきゃあなんねえのさあ。だけどＬＳＴは、戦車やブルドーザーを乗せるんででかすぎる。

ナベ　米軍は石垣港に入れる小さな船は持ってないのかねえ。
アサコ　（立ち上がって）開幸丸、出してやってもいいけどな。
新屋敷　イビー、助かるよ。
アサコ　かなりの量かい。
新屋敷　（ポケットからメモを出して）シャツ二千枚、パンツ二千五百枚、ジャケツ千着、バケツ六百六十個。八重山支庁にはメモ用紙とカーボン紙千冊。登野城小学校に、鉛筆千二百本とチョークが三箱。
アサコ　一時間後に船、出すから。
新屋敷　イエッサー。
ナベ　みなさん、よもぎ餅をどうぞ。
新屋敷　おお、うまそうだ。
アサコ　先生、半分こしようか。

やり取りの間に、用立、ザックを座敷へ運んでいった。
そこへ、「ただ今」とタマ。

ナベ　早かったね。

タマ　ルーテナント・グローブが、仕事終わったら帰ってもいいって。
新屋敷　ルーテナントというと少尉だっけ。
タマ　中尉さん。
新屋敷　軍政府の金網ん中は、真っ青な芝生に白ペンキ。本物のアメリカだなあ。
タマ　キャンプじゃね、あたしが荷物を持って廊下を歩いていると、ルーテナントがさっとドアを開けてくれる。座ろうとすると椅子を引いてくれる。働きもしねえでお喋りしてる八重山の男とは大ちがいだ。
ナベ　タマ、そろそろお客様がくるから、お座敷の用意して。

そこへ、「おいしいおいしい台湾の椰子の実だぞう」と椰子の実の入った籠を持った林。

ナベ　林。あんたが建てた与那国の豪邸、八重山中の評判だよ。
林　中国で内戦が激しくなって、与那国はくず鉄ブームさ。軍が畑ん中に置き去りにした戦車一台で家が建つ。与那国には新しいサカナヤーが二十軒。本島から辻の女たちが渡ってきた。
長輝　（出てきて）ごちそうさん。これから川平《かびら》の農家を回るから。
用立　バカダーで稽古しておきます。
長輝　今度の日曜日は、八重山館で総稽古だから。（出て行く）

林　先生、いつ牢屋から？
新屋敷　重労働六か月のところ、ラブレス行政官のありがたい温情で五か月で出してもらったわけさー。
ナベ　自分で作った刑務所に自分が入れられちまったんだ。
用立　長輝先生、人気あるから、夜になると若者たちが刑務所の前で、「長輝先生、キバリヒョーリ」ってさ。（台所へ）
新屋敷　ここで油を売ってちゃ、アメリカーに叱られる。エブリバディー、グッド・バイ。

新屋敷、出て行く。

用立　先生は、小作人組合を作るため、毎日、馬に乗って八重山中の農家を説得に回ってます。
アサコ　タフだねえ。

ダンが「Good afternoon」と、風呂敷包みを持ってやってくる。

用立　アロハ！
ダン　お土産です。
用立　コーヒーかな。

ダンが「もっといいもの」と、風呂敷に手をつっこむ。「茶色の小瓶」が鳴りひびく。

用立　イビー！　ラジオ。

ダン　ショート・ウェーブです。ＪＯＡＫのニュースも船舶無線も受信できます。

用立　ありがたい。毎朝、デンシンヤーに通わなくてもすむ。本当にいただけるんですか？

ダン　有効に使ってくだされば、こいつも喜びます。長輝先生、農村の劇を書かれたそうですね。

用立　演説会なんかよりも、お芝居のほうが効果があるって、先生が脚本を書いてくださいました。

ダン　script? 是非読みたいです。

英文、映写室から降りてくる。

用立　（取って）ガリ版刷りで読みにくいですが……

ダン　下さるんですか？

用立　どうぞ。

ナベ　（戻ってきて）いらっしゃい。

英文　（入ってきて）ラジオを消せ！

用立　この短波ラジオ、持ってきてくださったんだ。
英文　ダン・島袋。お帰りください。
ナベ　英文！
英文　語学部隊ってのは、スパイ部隊だ。わしらを見張ってるんだ。
ダン　誤解です。
英文　そいつは、長輝先生の脚本だろう。
ダン　はい。用立さんが貸してくださいました。
英文　用立、米軍に脚本の検閲させるのか？
ダン　私は検閲なんてするつもりはありません。
英文　（叫んだ）バラリンドー！　米軍のＣＰになった新屋敷が、農民に会いに行く長輝先生を尾行するのを、わしは映写室から見ていた。
用立　あがやー！
ナベ　英文。ダンさんは、お前のことを心配してるんだよ。
英文　心配してる？　親切ごかしにこの家に入ってきて、わしらの動静を探ってる。
ダン　八重山で、高等教育を受け住民に信頼されているのは学校の先生とお医者さん、つまりあなた方です。でも、ラブレス軍政官はあなたと長輝先生がコミュニストではないかと疑っているんです。

英文　（笑って）アカか。

ダン　南風原さん。私たちは、「すりばち丘」の壮烈な戦闘の中で十分に傷つけあったじゃありませんか。

英文　お前、「すりばち丘」にいたのか。

ダン　はい。米軍は圧倒的な火力を持っていましたが、一日二百メートルしか進めませんでした。すりばち丘での米軍の戦死者は二千人。発狂した者が千二百人です。もう、いがみ合うのはたくさんです。

英文　……もしかしたら、戦場であんたを撃ってたかもしらん。いつか本物のアメリカンになろうとした日系人と、限りなくヤマトピトゥになろうとしたわしが殺しあいを……。

ダン　私たちはハワイの日系人に、沖縄の惨状を訴え、豚基金を呼びかけました。五百頭のメスの親豚を農家にくばり、できた子豚の雌を四つの農家に分配する。一年に二回繁殖しますから、四年後には五百頭が二百万頭に増える。で、ミシガン州で買い付けて、オーエン号の甲板に豚小屋を造り、二か月分の水とエサを積み、ポートランドから那覇行きの船に乗せたんです。

ナベ　ありがたいねえ。

英文　そうやって俺たちを手なずけているんだよ。

海鳥の声が聞こえた。

そのとき、パタパタと鳥の羽音が聞こえ、マイツがフラフラと出てくる。後からタマ。

タマ　アッパー……。

マイツ　あいっ！　デーズだぞ、タマ。

タマ　（目で追って）赤しようびんだ。（箒を取りに行く）

マイツ　（手を合わせて）ウトゥトゥ、ウトゥトゥ。

タマ　（箒を振って）こらこち、出て行け。

マイツ　親《うや》を箒で叩く奴があるか。

タマ　赤しょうびんは人間じゃない。鳥だよ。

羽ばたく音が遠ざかる。

タマ　出て行った。

マイツ　ありや、赤しようびんじゃねえ。二〇三高地で死んだおじいが還ってきた。デーズだぞ、こりゃ。

タマ　アッパー。そんなの迷信だよ。

マイツ　ワーには見えん。バヌには見える。デーズなことが起こるぞ。

英文　渡り鳥は毎年、同じ季節にやってくる。だから、ご先祖が毎年戻ってくる。そう信じるようになった。

そこへ、キクノが駆け込んでくる。

キクノ　珍吉が、デーズなったさあ。
ナベ　珍吉がどうした?
キクノ　米軍のジープがきて、珍吉を連れてった。
ナベ　珍吉がジープ?　どこへ行ったんだ。
キクノ　わかんねえ。

みな、ダンを見る。
マイツがキクノを抱く。

英文　(ダンに)なんで珍吉を連れてったんだ?
ダン　わかりません。ただ、この間、本土から第八軍軍事委員会が八重山に着いて……
英文　軍事委員会?

ダン　一九四五年暮れから、横浜裁判が始まっています。ＢＣ級裁判と呼ばれるもので、捕虜虐待などが裁かれています。
英文　米軍は八重山には上陸しなかったんだから、捕虜なんかいないだろう。
キクノ　珍吉は、警備隊に入隊して三か月だよ。鉄砲だって撃ったことないって。
ダン　軍政府に戻って、確かめてきます。

ダン、出て行く。

キクノ　珍吉は、ブルブル震えとった。
ナベ　（水をコップに入れて）お飲み。ダンさんが調べてくれるよ。
マイツ　キクノ、おいで。
英文　アッパー、どうしてダン・島袋のことを信用するんだい。あいつは長輝先生を牢屋にぶち込んだラブレスの部下だよ。
ナベ　……。
タマ　兄さん。キャンプじゃ、誰も島袋なんて呼んでないよ。ハエバラって呼ばれてる。
英文　南風原？　どういうことだ。
ナベ　お前は……ダンのお兄ちゃんなんだよ。お前のビゲーが、ダンのビゲーなんだ。

英文　だって、わしのビゲーは。
ナベ　シベリアで死んだというのはバヌの作り話。ビゲーは人殺しは好かぬ言うてハワイへ行っちまったんだ。
英文　アッパーを捨てて？
ナベ　バヌが、このサカナヤーと日本を捨てられなかったのさあ。（座敷に去る）
英文　あいっ！　わしのビゲーが生きとる。アッパー、ちゃんと説明してよ。（追う）
タマ　アガヤー！　もうわからん。（追う）

鳥たちが激しく鳴く。
マイツが、キクノの頭を撫でる。

マイツ　ああ、みなさん、集まられたか。
キクノ　安谷屋さん、なんか見えるの。
マイツ　ほら、そこに曾おじいのそのまたビゲーやブネーが、車座になって坐ってる。次は誰を呼び寄せようか、相談しとる。十五、六の頃かな。よその人は、バヌに見えるもんが見えねえんだって、気がついた。ムラのもんはバヌが次のツカサを引き継ぐんだと思ってた。そこでバヌはおじいにぶつかっちまった。

キクノ　安谷屋のおじいに？
マイツ　ああ。竹を割ったような性根の坐った男だったよ。……祭りの晩に二人して、バンナーのビンギィの木の下でよ。
キクノ　結ばれたんだ。
マイツ　あんとき、コノハズクがブッポーソーと鳴いとった。バヌは有頂天になって逢い引きを重ねとったが……気がつくと、腹が出てきて見えとったご先祖様の姿に、霞がかかったようになって……。
キクノ　それで安谷屋大尉が生まれたんだ。……安谷屋のおじいは二〇三高地で戦死したんだよね。
マイツ　（突然）真夜中だったよ。宮古からのサバニが石垣にたどり着いた。宮古の海人がロシアのバルチック艦隊が北へ進んでいくのを見つけた。そのデージなことを東郷元帥にお伝えせねば、日本は滅びる。だが、宮古にゃ通信所がない。で、東京に無線を打ってもらおうと夜っぴいて荒海を乗り越えて六人はきた。
キクノ　宮古から石垣まで百六十キロあるんだよ。
マイツ　荒れる海の中、一昼夜かけて。サバニ、漕いできた六人は口もきけねえほどくたびれておったよ。
キクノ　日本男児さあ！
マイツ　次の週に、おじいは志願して満州に向かったのさ。

鳥のバタバタと飛ぶ音がして音楽が消える。
鞄を持ったダンと新屋敷、林がやってくる。

林　占領軍も楽じゃありませんなあ。
キクノ　なんか判りました。

ナベとタマと英文が出てくる。

ナベ　珍吉はなんも悪いこと、してないよね。
ダン　残念です。（鞄から書類を出して）Troop landing OKINAWA。……沖縄上陸戦が始まった四月、石垣島上空で米海軍艦載機が撃墜されました。
林　ほう。アメリカーの飛行機、日本が撃ち落とした？
ダン　パラシュートで脱出した三名の搭乗員は大浜海岸の珊瑚礁の上に漂着し、海軍警備隊の捕虜となりました。Colonel INOUE commandの命令で。
新屋敷　井上勝太郎大佐だ。
ダン　幕田大尉はティボー中尉の首を、田口少尉はタグル兵曹の首を日本刀で。

キクノ　（耳をおさえて）ああ！

タマ　珍吉はやってないよね。そうだよね。

ダン　……。井上大佐は、警備隊員全員の集合を命じ、榎本中尉がロイド兵曹を銃剣で刺殺し、集められた四十人が胸や腹を入れ代わり立ち代わり刺したのです。その中にあなたの弟さんもおられました。

キクノ　珍吉は絶対にそんなことできません。

ダン　とても残念です。

沈黙。

ナベ　珍吉が人を殺せるわけがない。

林　人殺しができんから、肝だめしが必要なんだ。赤紙で応召してきた新兵を人殺しの機械にするために……大陸でも、捕虜を銃剣で突き刺す肝試しを、何度も見たさあ。

ナベ　珍吉はどうなる？

ダン　捕虜虐待はジュネーブ条約違反です。明日本島に送られ、嘉手納空港から東京の巣鴨プリズンへ向かうことになります。

英文　三年も経って、どうしてばれた？

ダン　誰かが、マッカーサー司令部に告発書を送ったようです。
林　（笑って）日本人が日本人をチクったか。
新屋敷　捕虜を沖縄本島に送ろうにも船も飛行機もなかった。捕虜を監視する人手もなければ食糧もない。どうやって捕虜を飼っておくんだ。
ダン　キクノさん、裁判は十一月から始まります。なにか判ったら、報告します。（出て行く）
マイツ　キクノ、ナルスンヤーシ〔大丈夫だ〕。
英文　畜生！（と、ラジオを叩く）

短波受信機から歌謡曲が聞こえてくる。

晴れた空　そよぐ風　港出船の　ドラの音愉し
別れテープを　笑顔で切れば
望みはてない　遥かな潮路
ああ　あこがれの　ハワイ航路

6

星条旗の前のダン。
B29の発着音。

ダン　沖縄はハワイと同様、geopolitical aspect 地政学的リスクを抱えています。

沖縄の基地建設の写真。

ダン　アメリカ軍は沖縄本島の比謝《ひじゃ》川河口附近から上陸しました。それは読谷にある北飛行場と嘉手納の中飛行場獲得が急務だったからです。一か月後、B29の離着陸可能な千メートルの滑走路を持つ読谷、嘉手納、伊江島など五つの飛行場が完成します。

テニアン、長崎、沖縄。

ダン　八月九日、プルトニューム型原爆を積んだB29ボックスカーは、小倉上空が曇っていたため、長崎に向かい原爆を投下しました。ボックスカーの機長はテニアン基地にこう打電しています。

Trouble in airplane following delivery requires us to proceed to Okinawa. Fuel only to get to Okinawa.「投下後の機内の故障により、沖縄に向かう必要あり。燃料は沖縄までしかない」と。ボックスカーが読谷飛行場に着いたとき、残り燃料はわずか二十六リットルでした。沖縄に滑走路が完成していなかったら、長崎に原爆は落とせなかったのです。

中国大陸から見た沖縄。

ダン　それから五年、中国が共産化した今、沖縄はアメリカのアジア戦略の要となり、「忘れられた島」から「重要な島」へ変わりました。

爆音が消える。

*　一九四九年十月
キクノがランプの火屋を磨いている。
外は風雨が高まっている。
長輝とナベがソーミンを食べている。

長輝　ランチョンミートで、ソーミン・チャンプルーか。
ナベ　タマが米軍キャンプでもらってきたんだよ。
長輝　うまい。大発明だね。
ナベ　米軍はウチナーンチュの百日分、一万四千トンのポーク・ランチョンミートを陸揚げしたそうだよ。
長輝　缶詰は、ロシアを攻めたナポレオンが、戦時食として思いついたんだよ。

林と金槌を持った英文、入ってくる。

林　玄関、筋交い、打ちつけといたから。
ナベ　ありがとう。（外を見て）あと小一時間で荒れ出すね。
アサコ　グロリアってのは、かなりな乱暴娘らしいからね。
ナベ　去年のデラよりおてんばだって。
英文　用立、郵便局に国際電話掛けに行ったきりだろ？
ナベ　もう五時になるよ。
英文　林さんは、今夜、こっち泊まりか？
林　ああ。船はしっかり舫《もやい》で固めた。

アサコが「よっこらしょ」と米軍のカーキ色のナップザックを持ってくる。

林　中身は、札束かい。
アサコ　セーターだよ。
林　十月にセーター？
ナベ　大城珍吉さま、御用達。「スガモ・プリズンニ、ユキガ、フリマシタ」って外国郵便が届いたんだ。（台所へ）
キクノ　ありがとうございます。
長輝　八重山じゃあ、セーターは売ってねえもんなあ。
林　東京じゃ、雪やコンコか。

ナベが、ナップザックから、セーターとジャケットを取り出した。

ナベ　こりゃ、温かそうだ。（キクノに渡して台所へ）
アサコ　化繊のセーターとはちがうさあ。三沢基地からきた兵隊が、二束三文で売るから。
キクノ　（自分の身体に当てて）珍吉にぴったりだよ。

林　（ハガキを見て）先生。珍吉に、漢字、教えてやらなかったのか。
長輝　まさか。
アサコ　プリズンの検閲官がカタカナしか読めないから、全部カタカナで書けって。
ナベ　（箱を出してきて）これに包んで送るといい。
キクノ　はい。（荷造りを始める）食い物はうまいとか、いいことばっかり書いてくるんだ。今年の正月なんか、雑煮に餅四個と尾頭つきの鯛だとよ。
長輝　那覇刑務所とは大違いだ。
キクノ　最初は独りぼっちで寂しかったけど、自殺者が出て、二人部屋になったって。（宛名を書き出す）
長輝　（空に向かって）キバリヨ、珍吉。

ダンが、右手首に包帯を巻き、左手を三角巾で吊ったタマを抱えて帰ってくる。

ナベ　どうした。
ダン　タマさん、怪我をしました。
林　転んだのか?
英文　何があった。

タマ　……。（泣き出す）
ナベ　蒲団敷くから。
林　よし。（と、タマを抱きかかえて座敷に行く）
長輝　なにがあったんだ。
ダン　タマちゃんは、美人ですから。
長輝　どういう意味だ。
ダン　前々から……
長輝　前々から？
ダン　パトリックって兵隊がタマちゃんを……口説いて。
英文　口説いただけで、腕をくじくか。
ダン　暴力をふるいました。
アサコ　強姦なんだろう。
ダン　（頷く）
英文　どうしてくれるんだ。
アサコ　本島じゃ、Yナンバーに気をつけろって言ってる。Yナンバーの占領軍車両にひき逃げされたら、泣き寝入りだからさ。
長輝　泣き寝入りしろというわけか……。

ダン　米兵に対する裁判権は、米軍にしかありません。
長輝　ペリーの時代はちがった。ペリーが江戸幕府と交渉している間に、留守部隊の兵隊が酒と女性を求めて人家に押し入った。琉球女性に乱暴した米兵は地元の男に追われ海に落ちて死んでしまった。（ダンに）圧倒的な軍事力におびえる琉球王府に、ペリーは琉球国で裁判をするよう指示している。ペリーは琉球国の国家主権を認めていたんだ。
アサコ　琉球国は裁いたの。
長輝　最果ての石垣島に島流しさ。
ダン　米軍政府スタッフの質の低下を残念に思います。……優秀なスタッフは次々に本土のＧＨＱに引き抜かれて……。
アサコ　沖縄に残ったのはクズばっかりか。
ダン　「タイム」のギブニー記者は、「軍紀では、世界中に駐屯する米軍の中で最低と思われる一万五千人が、絶望的貧困にあえいでいる六十万の琉球住民を統治している」と書いています。

荷造りを終わったキクノが、蓑笠を付けている。

アサコ　（外を見て）この案配じゃ、荒れるから明日にしなよ。
キクノ　郵便局までですから。

林　（座敷から出てきて）どっちにしろ、船は出ねえから、明日だって同じさ。

そこへ、用立が帰ってきて、キクノを見て立ち止まる。

英文　どうした？
用立　……。
長輝　悪いニュースかい。
キクノ　珍吉のことじゃないよね。
用立　畜生。（ダンを見つけて）おまえ、また、ここにきてるのか。
ダン　なんでしょうか。
用立　なんで沖縄の復興に、三千万ドルも出すんだ。
ダン　デラ台風の被害が甚大でしたから。シーツ長官は、復興工事の八十五パーセントは沖縄人で賄うと言っています。
用立　三千万ドルは、沖縄に恒久的な米軍基地を作るための金じゃないか。マッカーサーは、三日前に言明してる。「沖縄島には、重爆撃機が一日三千五百機離着陸できる二十五の飛行場が建設された」。
英文　琉球王国の人頭税に苦しめられていたヤエヤマンチュは、明治政府が首里城を落としたとき、

ダン　官軍を解放軍だと勘違いした。日本人になったウチナーンチュは、日本軍に散々な目にあった。だから、その天皇の軍隊をやっつけてくれた米軍を解放軍だと信じちまった。私はあなたと国際政治の論議をする能力はありません。

キクノが、「行ってきまーす」と、荷物を持って出て行った。

用立　（ダンの胸ぐらをつかんだ）戦に勝てばなんでもまかり通るのか！
ダン　What the hell!
用立　東京の沖縄連盟から連絡が入った。
林　珍吉のことかい？
用立　ああ。
アサコ　悪い報せかい。
用立　（うなずく）
英文　判決、出たのか？
用立　起訴された四十六人中、四十一人に死刑判決が出た。
長輝　珍吉は？
用立　（首を振る）死刑判決を受けた沖縄出身者七名のうち、六名は二十歳前の沖縄農民でした。

アサコ　（ダンに詰め寄る）鬼！
林　アサコ。
アサコ　タマちゃんを強姦した奴はお咎めなしで、死体を竹槍で突いた珍吉は死刑か。
ナベ　尾頭付きの鯛食わして殺すのか！
長輝　……国家だけが、戦争と死刑という人殺しの権利を持っている。
ダン　キクノさんの弟さんのために、できるかぎりのことをしたいと思います。
長輝　そうかい。じゃあ、わしに日本への旅券を出してくれ。
ダン　ビザですか？
長輝　珍吉は私の教え子だ。東京の沖縄県人会に呼びかけをしたい。（蓑笠を付ける）
ダン　あなたに旅券を出す権限が私にはありません。
長輝　前科モンだからな。
林　ダン・ハエバラ。生きてくなあ、辛いなあ。一緒に、飲もう。
ダン　私はキャンプに帰らなくてはなりません。
アサコ　だいぶ荒れてきた。今夜は泊まっていけ。命あっての物種だ。
林　そう。泊まっていきゃあいい。（台所へ）
ダン　民間人の家に夜十時以降、いてはいけない決まりです。失礼します。（と、傘をとる）
用立　僕も。

長輝　一緒に行こう。
英文　先生は、やめたほうがいい。
長輝　誰かがキクノに話をする辛い役をしょわんとならん。

三人が、戸を開けると突風。しかし、出て行った。

アサコ　お前らが長輝先生を尊敬するのはわかるよ。
英文　先生はいつでも弱い者の味方だ。
アサコ　先生の劇、一週間、連日満員だったって。
英文　初日に新屋敷がやってきて、こんな芝居を上演しちゃあいかんって言った。押し寄せる百姓たちに守られて続けられました。芝居の後、先生は農民たちと話し合って、小作人組合の結成にこぎつけ、小作料を三分の一に引き下げなければ、来年は作付けしないと通告しました。地主たちもこれには参って、組合の要求を飲んだんです。
林　（泡盛を飲んで）比嘉長輝は、今様オヤケ・アカハチさあ。
英文　七月に、農民たちに乞われて、石垣市農業会長になったんだけど、軍政府が比嘉長輝はアカだって難癖つけて辞めさせられた。

電気が消える。

アサコ　この世は闇だなあ。

英文が、ランプとローソクをつけた。
そこへ、骨が折れた傘を持ったダンが帰ってくる。

ダン　すみません。基地までたどり着けそうもありません。
アサコ　よし。座れ。
林　（コップに泡盛を注いで）シラフじゃ辛すぎる。
ダン　いただきます。
ナベ　（果物を持ったマイツと出てきて）アメリカーはいつまで沖縄に居続けするのかい。
ダン　メゼロー中佐は、占領は二十年だと言っています。
ナベ　二十年というとマイツさんは八十までアメリカーの捕虜だ。
マイツ　お前、パイパティローマ、知ってるか？
ダン　いいえ。
マイツ　海の向こうの極楽さ。

ダン　ニライカナイですか。

マイツ　ニライカナイは人の行けない極楽、竜宮城。人の行ける極楽、それがパイパティローマ。この芋も豚も稲も椰子の実も、海の彼方の神さまが届けてくだすったものさあ。

ダン　明治三十二年、当山久三が二十七人の沖縄農民を引き連れてハワイに渡りました。前の年に、沖縄に徴兵制が布かれたからです。次に当山久三が百人の琉球人を連れてハワイに渡るのは、日露戦争の始まった年です。

林　ハワイは、徴兵制のないパイパティローマか。戦争が怖い弱虫がハワイに行ったわけだ。

ダン　当時、ハワイの人口の半分近くが日系人でした。

英文　そのパイパティローマに日本軍は奇襲攻撃をしかけたんだ

ナベ　あの朝、ラジオを聞いて真っ先にお前のパパはどうしてるかと思ったさあ。

ダン　下駄と草履を買って玄関に置く日系人もいました。日本軍がハワイを占領したとき、日本人の家とわかるようにって。

そこへ、キクノを連れた長輝。

キクノ、ダンにちょっとお辞儀をする。

ナベが「おいで」と座敷に連れて行く。

英文　去年のクリスマス・イブに死刑になったA級戦犯の遺族たちには遺骨も返らなかったって。

（一足遅れて座敷に行く）

長輝　珍吉の骨も帰ってこんか。（と、鞄からノートと鉛筆を出す）

ナベ　ダンさん。座敷に蒲団敷くから、休んでください。

ダン　ありがとうございます。（ナベについていく）

アサコ　先生は、休まないの。

長輝　「海南新報」に、東京裁判についての原稿を書きます。

アサコ、いきなりキスをする。

アサコ　あんた、かわいい。正義の味方だもんね。でもさ、あんたの一番大切なもんてなんだい？

長輝　大切なもん……。マラリアで死んだ家内かな。

アサコ　そう家族がいっとう大切。ワンには、二人の娘がワンよか大事さあ。

長輝　……。

アサコ　あんたはいつも、みんなのことを考え、みんなのために働く。でもさ、家族を守るためにゃ日本を守らなきゃなんないって言われて、ワンらは家族を捨てて戦をした。あんたはひどい目にあっている労働者のために闘って、そしてビゲーに泣かれて……崩れた。恥ずかしいことなんかじゃないさあ。万国の労働者よりたった一人のビゲーが大切だからさあ。隣の娘がマラリアに罹ったら、なんとかしてやりてえ。ユイマールで田植えをして、ユイマールで家を建てる。でも、そのみんなのためが、いつの間に国のためになっちまう。

長輝　ふるさとを愛するのはいい。ふるさとは人を殺さない。……国は人を殺す。

アサコ　あんたらは万国の労働者って言うけどさ、万国の労働者は顔が見えねえ。……アメリカーに親を殺された珍吉、みんなのためにアメリカーを殺した珍吉がアメリカーに殺されようとしてる。今のあんたには冷たい巣鴨の監獄で膝抱えて震えてる珍吉の顔が見えてる。先生。

長輝　はい。

アサコ　三日後に神戸に船出する。砂糖とペニシリン積んで。（長輝の手を取って）ヤマトへの密入国、ワンに任せな。

ナベ　（夏掛けを持って出てきて）、おやおや、台風の夜に腕相撲かい。

二人、腕相撲を始める。
ナベは、いつの間にか寝ている林に夏掛けを掛けた。

7

アロハシャツ姿のキクノと椰子の実を持ったダン。
ハワイアン風にアレンジで、キクノが「椰子の実」を歌う。

名も知らぬ　遠き島より
流れ寄る　椰子の実一つ
故郷の岸を　離れて
汝はそも　波に幾月

ダン　文明開化によって忘れられていく庶民の生活や言い伝えを拾い集めた柳田國男は、渥美半島の突端伊良子岬で、流れ着いた椰子の実を見つけます。遙か南の島に日本人の故郷があると直感した柳田は「海上の道」を書き、その話を聞いた島崎藤村が椰子の実の歌を作りました。

ダンがストローを椰子の実に挿してキクノに渡す。

ダン　ある男のところに美しい花嫁がやってきました。嫁さんを愛する男は、いつか自分が歳をとって死んでしまったら、嫁さんはどうやって生きていくのだろうと思いました。それで神さまに、嫁さんが生きる力になれるものを残す方法はないかと尋ねました。神さまは、お前が死んだら（椰子の実を持って）頭を土の中に埋めよと命じました。男が死んだとき、嫁さんは言いつけどおりに男の頭を土に埋めました。すると、芽を出した葉っぱは大きな木となり、嫁さんはその木を使って家を建て、葉から屋根や服を作り、果実からは器や食事に必要な水や油など食べ物まで授かり、木の根は薬となり、奥さんを守り続けました。（キクノに椰子の実を指して）ね、ここが男の口。この唇から甘いジュースを飲むのさ。

＊　昭和二十五年九月

八重山館の壁には『腰抜け二挺拳銃』のポスター。

ボストンバックから、小さな箱を取り出す長輝。

英文が映写室から、箱を持って降りてきてリアカーに積む。

ナベ　ＧＨＱに珍吉の助命、お願いしてくるって東京へ行ったっきり、十か月も帰ってこないんだから。

長輝　パスポート、出ないからアサコさんの船で日本に密入国したろ。沖縄に戻るにゃ入域許可申請書がいる。

ナベ　琉球人が琉球に帰れない。
長輝　外国渡航課に行ったら「商用ですか、同情すべき、ですか」って聞かれたよ。
英文　同情すべき？
長輝　病気の親と会いたいという沖縄人には、compassionate reason 同情すべき理由があるってわけさ。
英文　誰が、同情してくれるんです。
長輝　半年してようやっと下りた許可証には、総理大臣吉田茂ってあった。
英文　日本国の総理大臣が、琉球人を同情してくれるのか。（映写室に上がる）
長輝　変さあ。琉球は、グアムのような信託統治地域でも、香港のような租借地でも、アメリカ領でもないが、施政権を放棄しているのだから、日本の領土とも言えない。
ナベ　これ、なんだい。
長輝　クレヨン。大阪で船に乗る前に買った。
ナベ　クレヨン？　ははあ、わかった。アサコのお嬢ちゃんだろ。そういうことか。
長輝　なんだよ。
ナベ　開幸丸の機関長が、先生とうちの女頭目、神戸まですごく楽しそうだったって言ってたさあ。
長輝　バカ言うな。
ナベ　連れ合いを亡くした者同士、お似合いだと思うよ。

長輝　（照れて）向こうさんにだって、都合があるだろうさ。
ナベ　権力には拳を振り上げるのに、女となるとからきし意気地がないさ。女は、一押し、二押し、三押しで寄り切るわけさ。
長輝　そういうものですか。

英文と用立が荷物を持って降りてきてリアカーに積む。
そこへ、林。

林　珍吉、帰ってくるって。埠頭に、「大城珍吉君ご苦労様」って幟が立ってた。
ナベ　ああ、四時の船で着くさあ。
林　この暑い盛りに、引っ越しかい？
ナベ　八重山館が今日から営業を始めるんで、浦添酒造の庭に印刷所を移すんだって。映画なんて、五年ぶりだ。
林　朝鮮で戦が始まったお陰で、与那国にゃ、映画館が六軒できたぞ。
英文　（積み込みながら）講和条約問題に朝鮮戦争。新聞が大忙しのときに引っ越しだ。
林　京城、北鮮軍に取られたんだねえ。マッカーサーも大変だ。
英文　帰りに、軍政府に寄って戦況を聞いてきます。

英文と用立、リアカーを引いていった。林は二階に上がっていく。
汽笛が二つ鳴る。

林　（見て）アサコの開幸丸、着いたな。

長輝が立ち上がって見る。
そこへ、アロハ・シャツのダンくる。

ダン　今日は。
ナベ　（奥に）キクノ、ダンさん、いらしたよ。
長輝　軍服よりアロハ、ずっと似合うよ。
ナベ　ダン。今日は食べてきな。
ダン　はい。八重山料理、ご相伴に預かります。
林　（新聞を見て）いよいよ、日本もアメリカーと講和条約を結んで、国際社会に復帰ですか。
長輝　米国が、蒋介石を見限ったからね。
林　そりゃ、見限るわな。仁川から上陸した米軍が北に攻め込んでみたら、アメリカ製のトラックやジープがゴロゴロだってよ。蒋介石軍に供与した兵器を共産側に売っぱらってた。

キクノ　（ワンピースを持って出てきて頭を下げる）お世話になりました。いただいた一張羅で、珍吉をびっくりさせます。（と、座敷へ）

そこへ、臨月のタマ、大皿を持って「いらっしゃい」と出てくる。

ナベ　ああ、駄目駄目、重い物なんか持っちゃあ。（と皿を取り上げる）

タマ　珍吉に山羊汁、食わしてやりたいさあ。

ナベ　（長輝に皿を渡して）すまないけど、これ座敷に運んでってもらえるかね。

長輝　はいよう。うまそうだなあ。（座敷に入る）

林　おい、その腹！

ナベ　おまえさん、お祖父ちゃんになるんだよ。

林　まさか、乱暴した兵隊の子か。

ナベ　生まれる子どもに罪はないさあ。

林　あがやー、一回こっきりでできちまったのか？

タマ　（首を振る）

ナベ　プロポーズ頂いちまってさあ。

林　プロポーズ？　乱暴しといて結婚したいって言うのか？　ぶっ殺してやる。
タマ　パトリックって、可愛い奴なんだよ。真っ黒で大きくて。
林　あがやー！　タマの相手、黒ん坊か。
ダン　タマさんの子どもが十八歳になるとき、ステイツがどこかの国と戦争していたら、彼は戦場に行くことになります。
ナベ　だから女の子を産めって言ってるのさ。
林　言えば女の子が生まれるのか。
タマ　一九六八年にゃ、バヌは四十超えているさあ。（座敷へ）
ダン　……私のパパは兵役拒否をしてハワイに行きました。憲法を変えないかぎり、日本国民は軍隊に引っ張られる心配はありません。
林　俺の娘をキズモノにしやがってその言いぐさか。

ナベが、林の頭をピタンと叩いた。

ナベ　孫を授かって、キズモノたぁなんだ。
キクノ　（着替えて降りてきて）ぴったりよ。
ダン　美人コンクールに応募しましょう。

キクノ　（見て）あら、桑原さん。

「お久しぶりです」と背広姿の桑原。

林　あがやー！　ヤマトから？

桑原　八重山の優しいみなさんが忘れられなくて。昨夜の石垣丸で着きました。

林　密入国じゃないだろうな。

桑原　（旅券を出して）ちゃんと那覇港で手続きしてきましたよ。係官に腕押さえられて、指十本の指紋採られて。

キクノ　（奥に）タマちゃーん。愛しの君ですよ。……「ギュー詰めの省線電車に揺られながら、美しい八重山の海と君のことを思い出しています」。

林　おうおう。まるで歌の文句だな。

桑原　（キクノに）手紙、みんなで読んだんですか。

お腹の大きなタマが、「きたの」と出てくる。

桑原　（唖然としている）

キクノ　（嬉しそうに）どうなさいました、桑原さん。
桑原　お元気そうで……どうも。（頭を下げる）
キクノ　母子ともに健康です。
タマ　三井って会社に入ったんじゃなかったの。（お腹を押さえて）アイタタタタ。
ナベ　タマ、もしものことがあったら、パトリックが悲しむよ。
桑原　パトリック、アメリカの軍人さんですか。
タマ　ルーテナントさあ。あんた。
ナベ　林、珍吉の帰還祝いだから、ハワイからもらった豚、つぶしておくれ。
林　おう。（桑原に）手伝え。
桑原　私ですか。
林　ああ。
桑原　私は……
林　いいから、こい。（店の裏手へ行く）
ナベ　（外を見て）アサコさんだ。みんな、邪魔すんじゃないよ。
キクノ　邪魔すんなって、なにを。
ナベ　長輝先生のお手並み拝見だよ。

肩パットの入ったブラウス、白いハイヒールとつば広の真っ白の帽子のアサコ、新聞を持って入ってきた。

アサコ　珍吉の船、まだ着かないようだな。
ナベ　いらっしゃい。
アサコ　比嘉先生は？
ナベ　ああ、今。（座敷に）長輝先生。アサコさん、お見えですよー。（タマを連れて去る）
ダン　キクノさん。
キクノ　ダン。（ダンの腕を取って出て行く）
タマ　あんなキクノ見るの久しぶりだ。
長輝　（座敷から出てきて）ああ、神戸までお世話になりました。
アサコ　……。
長輝　（パステルの箱を手に）娘さん、お元気ですか。

キクノ、家の外でダンにキスすると、一人で埠頭へ。
アサコ、持っていた新聞で長輝の頭を叩く。

長輝　（不意をつかれて）アガー〔いてえ〕。
アサコ　（新聞を突きつけて）「八重山は独立すべし」。これ、あんたが書いたんだろう。なんで八重山だけが独立すんのさ。
長輝　本土復帰なんてしないほうがいい。そう思うからです。
アサコ　裏切り者！
長輝　わしは、愚か者ですが、裏切り者じゃありません。
アサコ　四日前の選挙で、本土復帰派の平良辰雄が知事になったんだ。そりゃ八重山は、朝鮮から遠いから静かだ。嘉手納町なんか、町中が基地に取られてさあ。飛行場拡張工事の労務者たちは、板の間のゴザ一枚に二人が寝て、アルミの食器は十人に五つしかない。本土からきた「日本道路社」の社員なんか、ウチナーンチュの倍の給料さあ。奴らは現地妻を持って、地下足袋のまま桜坂のバーで札びらを切ってる。（と、新聞で長輝の頭を叩く）だからこそ、八割の住民が本土復帰の要望書に署名しているんだ。

用立がリアカーを引いて帰ってくる。

長輝　マッカーサーは、日本の民主化が進めば講和条約を結んで、占領は終わると言っていた。ところが、今年に入って、沖縄陸海軍基地の強化のため、十六億円を投入すると言い出した。ソ連が原爆を保有し、中国が共産化した。日本を民主化するための米軍が、共産主義と戦う軍隊に変わっちまった。（用立に）本土の新聞は沖縄のことを、どう報道してる？

用立　本土の新聞のどこ探しても、沖縄についてこれっぱかしも載っていません。

長輝　内地じゃあ、ソ連を含めた全面講和か単独講和かを論議してる。だけど、いま討議されている条約に沖縄が含まれないことを、日本人の誰も考えちゃあいない。そんな日本に復帰したいんですか？

アサコ　あんたの理屈はこうだ。本土復帰なんて言ったってアメリカーは沖縄を手放さない。でも、離れ小島には基地ができない。だったら、沖縄本島は見捨てて八重山だけで独立しよう。（叩く）開幸丸の船室で、「糸満を引き払って石垣においで」って囁いたのは、そういうことだったのかい。

用立　八重山独立なんて日本が許すわけないでしょう。

ダン　明治政府が琉球王国を沖縄県にしたとき、清国政府は琉球は中国の領土だとグラント前大統領に訴えています。日本政府はなんと答えたと思いますか？

アサコ　知ってるわきゃないだろう。

ダン　伊藤博文は、沖縄本島と奄美は日本の領土だが、宮古、八重山は清国にやるって答えているんです。日清戦争で、領有権問題はウヤムヤになりましたが……。

アサコ　軍政府は、この四月から軍作業の賃金を三倍にしてくださった。（ダンに頭を下げて）おありがとうございます。若造どもは農地を捨て、米軍基地建設に群がってる。

用立　この春、沖縄経済復興のため、日本円とB円のレートを一対一から三対一に変えてくださった。米軍の配給物資が増えて値段も下げてくださった。（ダンに）おありがとうございます。

アサコ　……爆音はうるさい。だけど、基地のお陰で、サトウキビを育てる何倍ものドルが沖縄に落ちてくる。おありがとうございます。

ダン　（怒鳴った）ふざけんなよ、お前ら。今日は言いたいことを言わしてもらう。

用立　言ってください。

ダン　ステイツは朝鮮で、武力を行使している。だけどいいか、もしも日本が韓国を併合していなかったら、あの国は米軍とソ連軍に分断されず、民族同士の戦争もしないですんでる。お前らは、朝鮮戦争の特需景気、アメリカ国民の税金でオマンマ食いながら文句たらたら。（と、飲む）

そこへ、桑原が悄然と入ってくる。

アサコ　どうした。

桑原　……。（座り込む）

林　（豚の足を持ってやってきて）豚の血を見て卒倒しやがった。（血に染まった手を広げて）肉は食いたいが手を汚すなあ、厭だそうだ。（と、台所へ）

ダン　豚を育てるには、愛情がいります。その豚を潰すのは辛いです。
アサコ　生きるちゅうことは、他の生き物の命をもらうことさあ。
長輝　徳田球一が十八年、監獄で頑張れたのは、兎を飼って、剃刀でばらして食ってたからだそうだ。
アサコ　石油もない八重山がどうして独立できる。昔通りの松明《たいまつ》燃やして、土人の生活かい？
桑原　石油はない。だけど石炭はあります。自分はその調査にきました。
長輝　西表炭坑かい？
桑原　ご存じでしたか。
長輝　戦前には、坑夫が千人からいて香港や上海に盛んに輸出しとった。
林　（手を拭きながら戻ってきて）台湾人も二百人がとこ、いたさあ。しかし、米軍が石炭掘りによくパスポートを出したなあ。
桑原　米軍が五十万ドル出資して、西表炭坑の再開を要請したんです。三井鉱山の下請けですが、みんな、沖縄のそのまた三百キロ先の島に行くのを厭がって。それで自分が志願したんです。

キクノが「大城二等兵のご帰還でーす」と珍吉と泡盛を持った新屋敷と帰ってくる。

用立　よかった、よかった。
ナベ　（飛び出してきて）珍吉。お帰りね。よかったよかった。

長輝　（肩を抱いて）大城、大変だったな。
用立　元気そうだな。まあ、座れ。
マイツ　おめでとう。
新屋敷　これ、珍吉の生還祝いの泡盛だ。
ナベ　ありがとう。

林が、「さあ、飲め」と泡盛を持ってきて注いで回る。

ナベ　いろいろ辛かったろう。
林　さあ、キクノも飲め。
キクノ　（コップを取って）みなさんのおかげで珍吉は帰ってきました。感謝します。
ナベ　姉ちゃんがお前のために、朝からソーキ・ブニ作ったぞ。
珍吉　巣鴨プリズンで、姉ちゃんとアカジン鍋つついてる夢、何度も見たさあ。
長輝　怖かったろう。
珍吉　死刑って判決聞いたら、タマスが体から抜けてくのさあ。看守に両脇から支えられて独房に帰ったさ。刑が決まったもんは三階に移される。夜中に三階から叫び声が聞こえてくる。みんな、天皇陛下万歳って叫んで死んでいったよ。

キクノ　辛いねえ。お国のために一所懸命戦ったのに。

ナベ　（着替えを持って出て）珍吉、風呂に入って（シャツを渡して）これに、着替えといで。（台所へ行く）

珍吉　（座敷に上がりながらキクノに）巣鴨の便所はそ。こんぐらいの棒を押すと水がジャーって出て糞を流しちまうんだぜ。（キクノと出て行く）

林　珍吉は故郷で、大歓迎だ。俺の従兄弟は、シンガポールの収容所で監視員をやらされて、懲役五年の判決で命はとりとめたが、クニにゃ帰れねえ。祖国を植民地にした日本軍に協力したんだからな。奴の家族は、村ん中で息を殺して生きとる。

座敷から三線の音が聞こえてくる。

林　なんで沖縄出身者だけが減刑になったんだ?

長輝　沖縄連盟会長の仲原善忠さんが、嘆願書を書いてくださいました。先生は、沖縄の万葉集『おもろさうし』には「殺す」という言葉が一つもない。言葉がないのは「殺す」という概念が琉球にはないってことだって。

ダン　ハワイ大学リーブラー教授は、日本では、床の間に刀が飾ってあるが、沖縄では糸三本のウクレレが飾ってあるって書いていています。……琉球王国もハワイ王国も軍備を持っていなかったから、滅ぼされた。先生、軍備を持たない独立国があり得ますか？

「八重山館」から『ボタンとリボン』が聞こえ、三線の音をかき消す。

林　うるせえぞ。

桑原　「八重山館」の復活興行、アメリカ映画ですか。

林　なんで八重山でアメリカの西部劇見なきゃあならないんだ。

ダン　「腰抜け二丁拳銃」。とてもいい翻訳です。

林　悪いファシストと悪いコミュニストをやっつける二挺拳銃だろう。

ダン　原題の「The Paleface」てのは、アメリカ・インディアンが白人につけたあだ名です。白い顔をした奴らは、拳銃をぶっ放すけど腰抜けだ。腰抜けを演じたボブ・ホープは、朝鮮の戦場を慰問するため来日しています。

キクノ　（座敷から出てきて）珍吉が風呂から上がったさあ。（台所へ）

ナベ　（台所からお盆を持ってきて）みんな、座敷へ上がってご馳走、食べておくれ。

「ハーイ」と、新屋敷、長輝、用立、林、座敷へ上がった。

ナベ　あんたも……。
ダン　五年間、お世話になりました。
ナベ　こっちこそ世話になった。進駐軍に親戚がいる家には、ランチョンミートと石鹸があるって羨ましがられたさあ。バヌはな、英詳の面倒、見られん。よろしく頼むよ。
ダン　パパを恨まないでください。写真、撮らせてください。（カメラを構える）パパに見せます。
ナベ　よしとくれ。英詳は、二十歳のバヌしか知らないんだから。（逃げる）元気でやってるって伝えておくれ。
ダン　はい。八重山のアッパーは健在だと伝えます。お孫さんができることも報告します。
キクノ　（台所からお盆を持ってくる）ゴーヤチャンプルーできました。
ナベ　ありがとう。

ナベ、お盆を受け取って座敷に上がる。

ダン　考えてくださいましたか。
キクノ　……。
ダン　ハワイの独り者は、沖縄から写真を送ってもらって結婚相手を決めました。不幸な戦でしたが、あなたと知り合えるという奇跡が起こりました。

キクノ　……椰子の木陰で、ココナッツジュースで喉の渇きを癒す。バヌは豚の世話だってできるし、水兵さん相手のレストランで働くのも楽しそう。でも、バヌがあんたについてったら、珍吉は独りぼっちになっちまうさあ。
ダン　珍吉も、一緒に来れば……
キクノ　あの子は、スガモに入れられて、ますます鬼畜英米だから。

そこへ、英文が、「おーい。デーズ、デーズ」と帰ってくる。

ダン　どうしました？
英文　沖縄進駐米軍に出動命令が出た。
ダン　（立ち上がる）出動命令ですか。
キクノ　あがやー。パトリックは朝鮮には行かないよね。
ダン　……。
英文　どうなんです。
ダン　可能性は大きいです。
英文　（奥に）アッパー！　ちょっと。
キクノ　最前線に行かされるんじゃないよね。

沈黙。

ダン　この七月、小倉の城野キャンプから黒人兵二百名が集団脱走しています。黒人兵はいつも最前線に配置され、死亡率が高い。

長輝と用立、新屋敷、林、出てくる。

林　おい、ダン、今すぐキャンプからパトリックを連れ出せ。
ダン　連れ出して、どうするんです。
林　お前の親爺のように船で逃がしてやれ。
ダン　逃げるってどこへ逃げますか。
新屋敷　パトリックの脱走の手助けなんてすりゃあ、ダンは銃殺だ。
長輝　大きな声を出すな、タマに聞こえる。

そこへ、マイツが「用久が還ってきた」と出てくる。

新屋敷　安谷屋さん。還ってきたのは大城珍吉。あんたの息子さんは……。（飲む）
マイツ　まだ、ミニッツ提督と戦っておるのか。もうそろそろ還ってきてもいい頃なのに。
新屋敷　軍神は今ごろ靖国神社で……

みな、静かに飲む。

長輝　英文。わしは今度の朝鮮の戦を見て、奴隷より土人のほうがましだって思えてきた。文明の行き着く先は戦だよ。二度の世界戦争をやったのは、文明国さ。裸足の土人は戦、やってない。

座敷からナベが出てくる。

ナベ　大変。タマが産気づいた。林、お湯を沸かして。
林　おう。
桑原　お手伝いします。
用立　具志堅の婆さん、呼んできます。
ナベ　行ってくれるかい。
用立　はい。（と、駆け出していった）

座敷から三線の音。

長輝　今年の五月一日、五十万人が集まったメーデーの会場に、三年前にわしらが作った旗が翻った。あの旗を作った頃、わしらは八重山共和国独立を夢に見た。わしらが立てるべき旗は本土復帰か、八重山独立か、どっちだ。わしは、奴隷よか土人がいい。（静かに倒れる）

林　八重山でいちばんの税収、なんだか知ってるか。酒税さあ。米は二毛作、昼寝から覚めると頭の上には椰子の実やパイナップルがたわわに実ってる。八重山の気候風土が八重山人から向上心を奪って、珊瑚礁ん中で小魚や貝を採って泡盛を飲んで、日がな一日、モーヤに興じとる。向上心てものがないのさあ。（静かに倒れる）

ダン　ハワイにはオコレハウって旨い酒がある。もし、ハワイがアメリカとアジアの真ん中になかったら、住民は今もオコレハウを飲み、腰蓑姿でフラダンスを踊ってる。日本が沖縄を四十七番目の県にしたように、アメリカはハワイを四十九番目の州にするでしょう。ハワイと沖縄は、軍事基地と観光……文明のおこぼれで食いつなぐ。（静かに倒れる）

マイツ　（突然）水牛はあんな図体をしとるのに、ちっぽけな人間に引き回されて畑で一日働いとる。あの角で一撃を加えたら人間なんてすっ飛んでしまうのに、ご主人様の言いなりだ。どうして反抗しないんだ。

用立　そりゃ、水牛はおとなしいから。
マイツ　ちがうね。めんどくさいからさ。

英文が、上着を脱いでダンに着せ掛ける。

英文　……文明は、戦争を正当化する理屈をでっちあげる。平等社会を作るため、自由世界を守るため。土人の住む琉球じゃ豚小屋は、人間の便所だ。豚を糞で育てる琉球人は土人さあ。……珍吉の入れられてた巣鴨プリズンは水洗便所だ。戦争で人殺しをして、戦犯を死刑にして水洗便所、それが文明。ここに今いるもんも五十年も経てばみんな死んじまってる。わざわざ殺すことあない。三線弾いて、泡盛飲んで、モーヤ踊って……（静かに倒れる）
桑原　（ヨロヨロ出てきて）お湯、沸きました。（倒れる）
用立　（座敷から出てきて）具志堅の婆さん、きてくれました。（倒れる）

女たちだけが残った。

キクノ　ああ、蝶々。
アサコ　アオタテハモドキだ。台湾にもニューギニアにもおるよ。琉球列島が棲息の北限かな。

マイツ　こっちにくると、芋虫だった頃に見えんかったものも見える。ふくろうやアカショウビン、トンボや蝉はバカダーに何かを伝えるために降りてくる。草も虫も私らにはわからん智恵を持って話しかけとる。星を見てごらん。バカダーも、カラスもサトウキビもみんなあの星くずからできて、やがて星くずに戻る。

ナベ　命さあ。命、繋げてく。それが大変さあ。

舞台上の、累々たる死体の上を蝶々が舞う。

『ボタンとリボン』の音に混ざって赤子の泣き声。

上演記録

俳優座劇場

二〇〇七年十月四日〜十四日

【スタッフ】

演出・美術	佐藤　信	舞台監督	石井　道隆
音楽	中村　透	演出助手	安藤　勝也
照明	黒尾　芳昭	制作	山崎　菊雄
音響	田村　悳	制作助手	村田　和隆
衣装	若生　昌		

【キャスト】

南風原ナベ	大塚　道子	ダン・南風原	西川竜太郎
南風原英文	田中壮太郎	大城キクノ	生原麻友美
南風原タマ	小澤　英恵	大城珍吉	林　宏和
桃原用立	松島　正芳	桑原収	塩山　誠司
比嘉長輝	中野　誠也	新屋敷静男	田中　茂弘
喜舎場アサコ	長浜奈津子	安谷屋マイツ	阿部百合子
林国明	可知　靖之		

あとがき

たくさんの人々の力なしには、この戯曲はできあがらなかった。

三十年ほど前に黒柳徹子さんのラジオのトーク番組の脚本を書いてて、ディレクターの桝田武宗さんと知り合った。その桝田さんが『八重山共和国　八日間の夢』（筑摩書房）を書かれた。僕たちの世代は、「共和国」という言葉にからきし抵抗力がない。

僕はこれまでにも三度ほど石垣島と西表島へ行き、白保の珊瑚の海に潜ったり、早朝のカツオ釣りや素潜りを楽しんでいた。珊瑚礁の海には荒波はこないせいか、サザエに棘がなく野球のボールみたいだった。

幸いなことに、昔「自由劇場」の制作を担当していた浦崎浩美さんが石垣島の出身で、昨年夏、彼のお墓参りに同行して取材することができた。海辺の家を訪ねたら、奥さんが前の浜でバケツ一杯のアサリを獲って帰ってきた。自分たちの庭でアサリが獲れるなら、向上心や棘なぞ必要ないわけだ。「八重山人には向上心というものがない」「こんな不味いものをよく毎日食べていられるねえ」と言いたい放題の僕を、浦崎さんの友人たちは怒りもせずに島のアチコチを案内してくれ、夜ごと人口のわりに多すぎる飲み屋で泡盛を酌み交わした。

軍の野戦病院跡の慰霊碑で訪ねると、焦げつくような日差しの中、お婆さんがたった一人で草取りをしていた。戦時中、看護師を志願し、マラリアで死んだ兵隊を女子挺身隊員と二人でお墓まで担架で運んだときの様子を話してくださった。六十年前の十七歳の少女の言葉は重たかった。

千三百頁を超える講談社の『昭和史全記録』の「沖縄」「琉球」の項には五年の空白がある。敗戦直後に日本の新聞が取り上げたのは、一九四六年六月一日「GHQが、琉球列島の日本の行政権を停止した」という小さな記事だけだ。

一九五一年九月、僕は五球のスーパーラジオにかじりついて、サンフランシスコの講和会議の実況中継を聞いていた。四歳で敗戦を迎えた僕は、物心ついてよりの米軍占領下の敗戦国民であり、学校では講和条約によって日本は国際社会に復帰できるのだと教えられていた。このとき、十一歳だった僕ばかりでなく、ほとんどの日本国民は、講和後も沖縄では占領状態が続き、新憲法の埒外にあることなど考えてもいなかった。

その「忘れられた島」がアジア情勢の変化によって四年後には、「重要な島」になり、独立国日本から米軍基地が次々に移っていった。

日本から無視されていたせいか、小さな島なのに、八重山についての参考文献はかるく二百冊を超える。

今回とくにお世話になったのが奥野修司さんの『ナッコ　沖縄密貿易の女王』(文藝春秋)と下島哲朗さんの『豚と沖縄独立』、そして石原昌家さんの『空白の沖縄社会史　戦果と密貿易の時代』(晩聲社)だ。

魅力的な逸話が多すぎ、一年半後に初校が上がったときには、四時間の芝居になっていた。それを一時間分カットしたのが本書である。

ロケーションを沖縄本島に採らなかったのは、本島はあまりに悲惨すぎ、僕のようなヤマトの人間には贖罪の気持ちが先行し、人々の生活をありのままに描けなくなるからだ。

それに、サバニ（小船）を操って、この列島に米も豚も芋も運んできた海洋民の楽天性とアナーキズムをぜひ描きたかった。

二〇〇七年八月

豚と真珠湾　幻の八重山共和国

2007年10月25日　第1刷発行

定　価　本体1500円+税
著　者　斎藤憐
発行者　宮永捷
発行所　有限会社而立書房
東京都千代田区猿楽町2丁目4番2号
電話　03(3291)5589／FAX03(3292)8782
振替　00190-7-174567
印　刷　株式会社スキルプリネット
製　本　有限会社岩佐

落丁・乱丁本はおとりかえいたします。

ISBN978-4-88059-340-1　C0074
装幀・神田昇和

斎藤憐戯曲集 1

赤　目

1978.12.25刊
四六判上製
408頁
定価2000円
ISBN978-4-88059-025-7 C0374

逃げの芝居、自慰的黙示劇の跋扈するなかで、終始攻撃的劇性を開示してきた著者の待望の第1作品集。60～70年代の錯綜する状況の根底を撃つ〈抒情〉と〈革命〉のバラード。「赤目」「トラストD・E」「八百町お七」を収録。

斎藤憐戯曲集 2

世直し作五郎伝

1979.10.25刊
四六判上製
344頁口絵2頁
定価1800円
ISBN978-4-88059-030-1 C0374

ロシア革命そして明治維新のはざまに〈圧殺〉された大衆の〈鬼の叫び〉を開示する「母ものがたり」「世直し作五郎伝（異説のすかい・おらん)」のほか「メリケンお浜の犯罪」を収めた第2作品集。

斎藤憐戯曲集 3

黄昏のボードビル

1980.12.15刊
四六判上製
304頁口絵2頁
定価2000円
ISBN978-4-88059-037-0 C0374

時代の相剋の中で蠢く人間群像の光と影を抒情的に描きあげ、独自の歴史劇を創出する著者の第3作品集。岸田戯曲賞受賞作品「上海バンスキング」ほか、「河原ものがたり」受賞後の最新作品「黄昏のボードビル」を収録。

斎藤憐戯曲集 4

近刊

斎藤憐

バーレスク・1931——赤い風車のあった街

1981.6.25刊
四六判上製
176頁
定価1000円
ISBN978-4-88059-042-4 C0074

左翼演劇が崩壊し、軍靴の音高まる30年代。軽演劇の中に批判と抵抗の眼を忍ばせた一軒のレビュー小屋があった。新宿ムーランルージュを舞台に描く、斎藤憐の野心作。

斎藤憐

ムーランルージュ

1998.10.25刊
四六判上製
144頁
定価1500円
ISBN978-4-88059-256-5 C0074

敗戦の秋、新宿の焼け跡には赤い風車が回っていた。人びとは飢えていた。身も心も飢えていた。その飢えを満たす人びとも飢えていた。だが、人びとは自分で生きていかなければならない。そこから喜びと悲しみが生まれる。

斎藤憐

クスコ　愛の叛乱

1982.12.25刊
四六判並製
160頁
定価1000円
ISBN978-4-88059-060-8 C0074

藤原薬子の乱に題材をとり、古代史に仮託して描き上げた人間の愛の諸相。斎藤憐の新たな作劇法の展開は、いよいよ佳境に入った。吉田日出子主演による自由劇場の話題作。「上海バンスキング」と双璧をなす作品といえよう。

斎藤憐

イカルガの祭り

1983.1.25刊
四六判並製
164頁
定価1000円
ISBN978-4-88059-062-2 C0074

斎藤憐の古代史に題材をとった第２弾。
「大化の改新」前後に活躍した、蘇我の一族と天皇家の人びとの葛藤、それを操る藤原鎌足の野望、政治と人間の相剋を描く野心作。

斎藤憐

グレイクリスマス

1983.12.25刊
四六判並製
164頁
定価1000円
ISBN978-4-88059-070-7 C0074

「上海バンスキング」は、敗戦まで。そのあとの戦後日本を扱ったのがこの戯曲。ＧＨＱの政策におびえ、右往左往する支配階級のぶざまな姿が描かれ、一転日本国憲法の精神を問う、力作。

斎藤憐

改訂版・グレイクリスマス

1999.1.25刊
四六判上製
144頁
定価1500円
ISBN978-4-88059-259-6 C0074

本多劇場で初演された「グレイクリスマス」は、民芸によって繰り返し上演され、日本の各地で激賞された。改めて「民芸版・グレイクリスマス」を上梓した。

斎藤憐

アーニー・パイル

1985.4.25刊
四六判上製
256頁
定価1500円
ISBN978-4-88059-084-4 C0074

敗戦直後、米軍に接収されていた東京宝塚劇場＝アーニー・パイル劇場に集まった、日本人、フィリピン人、アメリカ兵のスタッフ、キャストの姿を通して、戦争の傷と、戦勝国・敗戦国の関係を相対化して見せた、斎藤憐の力作戯曲。

斎藤憐

Work 1 ──自由劇場 86年５月上演台本

1986.5.15 刊
Ｂ５判並製
152 頁
定価 800 円
ISBN978-4-88059-092-9 C0074

小衆・分衆の時代。あの大衆たちはどこへ行ってしまったのか。
70 年代演劇の旗手・斎藤憐が描く群衆像。

斎藤憐

ドタ靴はいた青空ブギー

1986.10.7 刊
Ｂ５判並製
148 頁
定価 1000 円
ISBN978-4-88059-097-4 C0074

戦後の焼け跡をバックにヨコハマとアメリカを描き出す
斎藤憐の野心作。

斎藤憐

俊　寛

1990.1.25刊
四六判上製
128頁
定価1000円
ISBN978-4-88059-138-4 C0074

平家滅亡を謀り鬼界島に流された俊寛僧都を主人公に、平安末期の権謀術数渦巻く世界を活写した、斎藤史劇の佳作。「ゴダイゴ」と対をなす「芸術の源流」を探る意欲的な作品。

斎藤憐

海　光

1990.2.10刊
四六判上製
160頁
定価1000円
ISBN978-4-88059-137-7 C0074

渡来王朝の征服と帰化の「歴史の闇」をダイナミックに描いた斎藤憐ひさびさの古代史オペラ。加藤和彦の楽譜を多数収録した決定版。
〈横浜市政100周年記念作品〉

斎藤憐

ゴダイゴ——流浪伝説

1990.3.10刊
四六判上製
152頁
定価1000円
ISBN978-4-88059-143-8 C0074

波乱に満ちた後醍醐天皇の生涯を題材に、日本中世史の凄まじい権力闘争の実態と、その影にうごめくバサラ＝わざおぎびとたちの生きざまを鮮やかに描いた斎藤憐の傑作史劇。

斎藤憐

東京行進曲

1991.4.25刊
四六判上製
192頁
定価1500円
ISBN978-4-88059-150-6 C0074

「黄金虫」「兎のダンス」など、数々の名曲を生み出した作曲家・中山晋平をモデルに、近代日本の人間性の根源を見事に洗い出してみせた斎藤憐の力作戯曲。巻末に、千田是也・林光・斎藤憐による座談会を収録した。

斎藤　憐

サロメの純情　—浅草オペラ事始め—

1997.12.25刊
四六判上製
152頁
定価1500円
ISBN978-4-88059-243-5 C0074

アメリカ仕込みのダンスを武器に彗星のように登場し、わずか29歳で死去した悲劇の女優・高木徳子の半生を、当時の社会情勢とからめて多面的に描いた斎藤憐の傑作！

斎藤　憐

エンジェル

2000.1.25刊
四六判上製
152頁
定価1500円
ISBN978-4-88059-244-2 C0074

失業者のあふれるシカゴ。そこでは、マフィアが幅をきかしている。そこに美しい天使が派遣されてきた。そして、天使は若いヤクザに恋するのだが……。

斎藤憐

異　邦　人

2000.11.25刊
四六判上製
152頁
定価1500円
ISBN978-4-88059-245-9 C0074

日本を脱出して、ロシア、アメリカ、メキシコへと、「インターナショナル」の訳詞者として知られる佐野碩の軌跡は、波瀾万丈だった。佐野碩に関わった女性の口から語らせる著者の評伝劇は佳境に入った。

斎藤憐

カナリア　西條八十伝

2000.9.25刊
四六判上製
160頁
定価1500円
ISBN978-4-88059-246-6 C0074

童謡作詩家・歌謡曲作詞家・フランス象徴派の研究家。三つの顔を持った男、西條八十の生涯を、東京というトポスに絡ませて、斎藤憐は昭和精神史を描く。

斎藤憐

昭和怪盗伝

2000.12.25刊
四六判上製
96頁
定価1500円
ISBN978-4-88059-247-3 C0074

昭和恐慌時、ひとりの男が強盗になった。147件の犯行を重ね、延べ20万人の捜査陣を翻弄した男は、「説教強盗」と呼ばれた。本書は、人形劇団結城座との共同公演のために創作されたピカレスク・ロマンである。

斎藤憐

ジョルジュ／ブレヒト・オペラ

2000.5.25刊
四六判上製
176頁
定価1500円
ISBN978-4-88059-268-8 C0074

恋と仕事に生きたジョルジュ・サンドを、ショパンへの恋の献身を軸に鮮烈に描いた「ジョルジュ」。ブレヒトと彼を取り巻く女性たちとの流浪を描くことによって、ブレヒトの実在を浮上してくれる「ブレヒト・オペラ」。

斎藤憐

お隣りの脱走兵

2001.6.25刊
四六判上製
160頁
定価1500円
ISBN978-4-88059-279-4 C0074

ある日、息子がひとりのアメリカ人を連れてきた。米軍からの脱走兵だった。この日から檜山家は「臨戦態勢」に突入した。斎藤憐が体験した、ウソのような本当の話である。

斎藤憐

恋ひ歌—宮崎龍介と柳原白蓮—

2003.5.25刊
四六判上製
136頁
定価1500円
ISBN978-4-88059-277-0 C0074

孫文と親交のあった宮崎滔天の息子で、東大新人会の龍介と大正天皇の従姉妹で、九州の炭鉱王伊藤伝右衛門の妻だった白蓮の、時代の制約を押し切った恋の始終を描く。